RING OF THE DAY

台北捷運 ╳ 戀愛小說

賴以威……………………………………著

目次

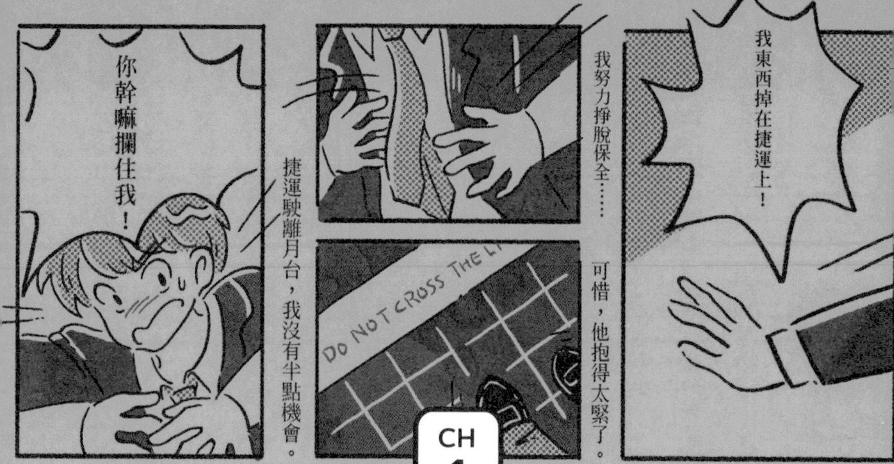

CH 1

Ring of the Day

01

求婚男——黃奕之

◎二十九歲，最喜歡的書：《同棲生活》

”

在台北，只有兩種人會把求婚戒指帶在身邊：
剛買戒指的人，或今天要求婚的人。
等等，我剛製造了第三種人，撿到戒指的人。

“

「我東西掉在捷運上！」

我聽見自己的聲音以高分貝音量在月台上迴響，努力掙脫捷運保全的雙手，試圖衝進窄到只剩下蒼蠅飛得進去的捷運車門間縫隙。

可惜，保全抱得太緊了，就算是闊別十年在機場重逢的情侶，也沒有像他抱我抱得那麼緊。捷運駛離月台，我沒有半點機會，這裡不是大馬路，無法像電影裡攔下後方來車，再拖下一臉驚慌失措的駕駛，來一場飛車追逐。

「你幹嘛攔住我！」

站在月台邊，我講出像個自殺未遂蠢蛋才會說的台詞——注意我的人更多了。我向來很低調（至少搭捷運時），絕對不願意做出這般吸引目光的事，畢竟大多數人搭捷運時都很無聊，只要發生一件小事，他們馬上會像聞到血腥味的鯊魚，目光全部投射過來。

「先生，門要關了，這樣很危險的。」

稍有年紀的保全沒有對我的吼叫生氣，他做著分內的工作，好比說：阻止人們自不量力地趕車，再冷靜承受不理性的咆嘯回應。第一線服務人員常得面對這種狀況，辛苦他們了。

平常的我會這麼想，但此時此刻——我用廣播也比不上的音量大喊：

「那是我的戒指，求婚戒指！」

這下，輪到你對我無法控制的歇斯底里態度表示同理心了吧。

掉戒指這種事，照理說只會在浪漫愛情喜劇裡發生，地點應該要選在巴黎、紐約、倫敦，或阿布達比，那邊的人太有錢，可能不小心掏個口袋就會掉出一枚鑽戒。

台北捷運中山站？發生的機率就跟我們的薪資一樣，應該是全世界倒數啊。

「那麼貴重的東西？」

「對啊！所以你剛不應該攔著我，我手插進去，車門就會再開了。」

「對不起、對不起，但那樣違反規定，真的沒辦法。我趕快幫你聯絡車長，請他們幫忙處理。先生怎麼稱呼呢？」

「黃奕之，黃色的黃，神采奕奕的奕，之乎者也的之。」

掉東西爲什麼要報姓名？我掉的東西又不是國小便當袋，上面還繡了名字跟班級座號。

不過話說回來，我國小掉過十幾個便當袋。

我從小到大就很迷糊，好比我把皮夾放在公事包裡，但每次在捷運入口（特別是在列車只剩四十秒到站時），它總是會消失。

好幾次我心想，《哆啦A夢》眞的是一部失敗的科幻漫畫，他們竟然忽略了要解釋：

「爲什麼哆啦A夢每次都可以那麼快從四次元口袋裡面，找到大雄想要的東西？」

難道我的公事包比四次元口袋還大嗎？

「東西忘記放在哪」的進階版就是「掉東西」。

但我過去從不介意，因爲我認爲有限的腦容量是要拿來記住重要事情的，如果因爲忘記而不見，表示大腦認定這東西不重要。好比說，131071跟你女朋友的生日都是六位數。但你絕對沒幾秒就忘記前者，卻牢牢記得後者。可是對於一位熱愛數學勝於女朋友的人來說，他就有可能忘記女友生日，然後聳聳肩對著傷心的女友說：

「抱歉，131071是第一個六位數的梅森質數。」

有些人不認同這樣的論點，他們說愛因斯坦也只用了大腦的十％，人的潛力是無限的。

你相信這種話嗎？

我是指，如果你只用了不到十％的大腦，憑什麼你就能用不過十％的大腦去評斷別人那搞不好用了超過十％的大腦呢？換句話說，我認爲會輕易相信這種話的人，大腦應該眞的用不到十％，偷偷告訴你們一個提升大腦使用率的方法：別再相信任何網路上的謠言了！

就我來看，現在資訊量那麼大，每天都有看不完的新聞、臉書動態和漫畫，我覺得自己早就用到大腦的一百%，不，一百二十%了。如果不節制腦容量的使用，我一定會變成《幽遊白書》裡的戶愚呂弟，用一百二十%的力量發出一拳後就全身瓦解。

保全拿著對講機忙著協調溝通，他的頭稍微移開對講機，問我：

「黃先生，能描述一下戒指袋子的樣式嗎？」

「粉紅色的霧面紙袋，袋子大概這麼小。」

我把手機放回西裝口袋，雙手比了一下袋子的大小。

繼續剛剛的話題——然而今天這件事完全無法用「因爲不重要所以才會掉」這套理論來解釋。價值兩個月薪水的求婚戒指，絕對稱不上「不重要的東西」，它比我本人還貴重。從這個角度來看，如果戒指有思考能力，反而應該是它在捷運上看到什麼比我還珍貴的東西，把我這個不重要的人給弄丟吧。

都怪我不想把裝著戒指盒的紙袋硬塞到公事包裡（很抱歉，我是個愛做樣子的人，公事包薄得連放台 Mac Air 都會鼓起來）。搭捷運又一直玩手機（在捷運上你還能幹嘛呢？更何況，如果玩手機的話，遊戲高分紀錄是當你被誤認爲電車癡漢的有效反證，「我遊戲這麼高分，有可能騰出手嗎?!」），袋子掛在手上不順手，一時方便，我就這麼把袋子跟公事包一起擱在地上。

到站後，我忘了拿紙袋，只拎著公事包就下車。

太離譜了，我怎麼會沒注意到袋子呢?!

「那就麻煩你了，謝謝、謝謝，這年輕人很著急，請務必幫忙。」

捷運保全關掉對講機，對我說：

「我們盡力找看看，黃先生您別擔心，很多案例都是有好心人把撿到的貴重物品送回來的。台灣最美的風景就是人了。」

他很客氣地安慰我，讓我吞下了「你看看那些奧客，就不會認爲台灣最美的風景就是人了」這句話。我有點不好意思，他只是執行他的勤務，卻被我大吼，而他不但沒生氣，還幫了我這麼多忙。

對，在別人眼中我就是奧客，想到這點，還好我剛沒說話。

他大約五十歲左右，鬢角有幾叢灰髮，臉上堆著的皺紋不知道是本來就有，還是因爲他一臉關心造成的。

他眞是一位好人。

「不過，黃先生你怎麼把戒指這麼貴重的東西帶在身上啊？」

他眞是一位太少看推理小說的好人，眞相已經擺在眼前了。除了錢太多的阿布達比人，在台北，只有兩種人會把求婚戒指帶在身邊：剛買戒指的人，或今天要求婚的人。

等等，我剛製造了第三種人，撿到戒指的人。

我今晚要跟交往十年的女友絲襪求婚。一場精心策畫的驚喜，不過絲襪可能會缺席，因爲她不知道這件事，搞不好得臨時加班；我可能會缺席，因爲太恐懼而臨時怯場，電影裡常這樣演。但無論如何，戒指是最不應該缺席的，它既不加班又不會怯場！

你能想像當我跪下說出關鍵字、當我女朋友絲襪摀著嘴的那一刻，我無法遞出戒指，只能，嗯——拱手抱拳?!

拜託，又不是在拜師學藝，不如你說這是第三天，我在幫她穿起掉到橋下的鞋子吧。

很多人可能覺得，求婚時女孩子總是哭成淚人兒，男孩子都笑嘻嘻很冷靜。

錯了，其實我們也曾哭得亂七八糟，只是在求婚當下，男兒淚早已乾涸了。落淚的時間點，大約是發生在獨自去銀樓挑鑽戒時。

我承認有部分原因是鑽石實在太貴了，它放在手機裡可以當震盪器（鑲進了石英震盪器的手機，就如同擁有了心臟，被賦予生命。這是工程師的浪漫）。戴在手上，我眞的想不到有什麼用途。

但更重要的是因爲，結帳的一瞬間，我們意識到即將喪失自由。

別誤會我，我很愛絲襪，就算今天有人把我灌醉、注射一打自白劑，我還是會說我愛她，想跟她共度下半輩子，我想要每天早上醒來都看見她，每天睡前都跟她說「晚安我愛妳」。只是，結婚眞的是另外一回事，那意味你將像個男人（我很清楚我是男的，這只是字面上的意思，我掉的是戒指不是腦袋）負起一切責任。你不能隨便在路上跟女孩子搭訕，要是你想跟誰共度一夜情，得冒著半夜（在台灣似乎比較流行下午）你老婆帶著警察（搞不好加上你媽和她媽）衝進來的風險，而你得說出那些——

「我們是來借廁所的。」「天氣太熱，冷氣怎麼開都不夠我們才裸體睡。」「我們在互相拔罐。」「我中午聚餐吃燒酒雞喝醉了好不舒服來休息，結果服務生弄錯鑰匙，給了她的房間鑰匙。她嗎？她更早時吃了安眠藥，所以睡到沒發現我進來。」

這些你我都覺得很扯的謊言。但在那種場面下，說不定是人類所能扯出來最好的謊言。我們幾個死黨常討論種種人生疑惑，最常出現的是「憑什麼某某某的女朋友那麼正」。

第二名就是——

「為什麼要結婚？」

是因為要用法律來規定兩個人得好好陪著對方，不然就可以一狀把對方告上法院換來一筆贍養費嗎？對彼此也太沒信心了吧，這就好比南北韓關係越來越好，民國兩百年即將統一的前夕，雙邊各自在三十七點九度線上擺了一萬顆飛彈，強調以後如果有一邊想亂來，那就別怪一萬顆飛彈無情。

想結婚的那方通常不會直接回答我們剛剛的問題，而是會反過來，惡狠狠地瞪著我們說：

「如果你對自己有信心，那結婚不就好了?!」

這明明跟我的問題是兩回事！

用問句回答問句，如同把話題打上死結。

在電扶梯上，意識到戒指沒拿時，我並沒想這麼多，當下我反射性地逆向飛奔回月台，跟捷運保全演出一場拉扯大戲。

此刻冷靜下來，我得到一個比掉戒指還要令人驚駭的可能答案。

如果我的「因爲不重要所以會忘掉」論述依然正確，潛意識裡，我是覺得結婚不重要，想逃避結婚嗎？

掉十萬塊換回自由……說不定，還蠻值得的。

02

捷運保全——曾雲升

◎五十八歲，最喜歡的書：《刺蝟的優雅》

”

真正的狀況是：
許多物品被捷運吞蝕，像遺失在大海裡一樣，再也找不著。

“

月台彷彿是海岸，捷運進站，一陣陣人潮往月台打上來，一會兒，另一群人被捲走，捷運離站，月台回歸平靜，等待下一波浪潮的來襲。

而我，是佇立在海岸的燈塔，引導攘往熙來的乘客。

公職退休後，接下這份保全工作，雖說我根本不需要工作就能養活下半輩子，但我還是爲了三個理由而來工作——

第一、我喜歡觀察人。我們每隔一陣子會至各站輪調，每到一個新站，我都會感受到全然不同的氛圍：台北火車站的人腳步特別快；西門町這站人不是最多卻最吵雜；市政府站乘客下車時會飄出一股香水味；民權西路站像城門，每天早上經由圓山、大橋頭站的人們穿過它進城，晚上六七點再從中山國小、雙連穿過它出城。光是體驗每站的風情，就讓我感到無比的趣味。

第二、我認爲人要盡量讓自己有用。

「升伯，你這樣講出去別人會氣死咧，你沒看每次捷運公司招考都多少人來報名，你還在那邊講這種風涼話。」前陣子，我把這想法告訴一位年輕的站務員小午，他用嘲諷的口吻回答。

「現在大環境很不景氣吼？我看新聞是這樣講……」

我還沒講完，小午又搶白一句：

「那當然，你沒看搭捷運的人越來越多，這就是了啊。」

小午的思考很直線，任何事情都有一個顯而易見的理由。在我看來，這樣的想法過於簡化了。

「雖然新聞這麼講，但沒有切身體驗過，還是覺得有點不實際。」

我繼續說完我的話。兩串話在空中像月台兩邊同時駛過的捷運，各走各的，沒有交集。的確越來越多人搭捷運，但如果仔細觀察捷運乘客的裝扮，你根本感覺不到景氣不佳。

想知道最近流行什麼，只要觀察乘客就能知道。

好比要是出了新的手機，不需要去通訊行，立刻可以看到上班族們拿在手上滑，任何時間都不放過，邊走邊玩。如果這些人背後有眼睛，他們必然可以看到許多憤怒的眼神。

也因爲手機，乘客們根本沒有注意過我。

當然我無法證明，要是沒了手機，他們會來跟我講話。但至少十幾年前，我接送大女兒上下學時，小朋友們都會跟導護老師打招呼。

小時候養成的習慣，總不成長大就全消失了吧。

工作的第三個理由：跟人群接觸。許多人一旦退休，同時也退出整個社會，離群索居。

純粹就結果論，我跟人群接觸到了，卻也隱沒在人群之中了。現代社會裡，每個人工作、通勤時都喜歡扮演成機器人，如果有人跨出機器人的那一步回到人的定位時，不但不會得到回應，往往還會嚇著旁邊的人。

不過雖然他們不認得我，對我來說好些臉孔都好面熟。

碰。

「啊，不好意思。」

一位穿西裝的上班族下車時撞到我，他一手拿著公事包，一手拿手機，頭都沒抬，只舉起拿手機的那隻手揮了一下，示意道歉。

好比這位先生，他每天差不多都在這個時間點出站，除了星期一跟五會晚一點——這點多數人也都一樣。

車上乘客差不多下完後，我引導月台上的乘客上車。

有些乘客等上車時，會卡在門邊讓路線不順暢，不論我怎麼勸導都沒用。

原本，我覺得他們眞是沒想清楚，這樣過急反而會浪費時間。一陣子後，我注意到這類人上車後都忙著找座位，才知道，他們擋在門邊不是趕著上車，而是爲了卡住後面的乘客，他們在意的並不是快點上車，而是自己是不是第一個踏進車廂。

犧牲大家的效率來換得自己的優先。某種程度上，他們才是最聰明的一群。

方才，所有人都差不多上車後，我轉頭看向車廂裡，發現一個穿著綠色T-shirt、微胖的年輕人座位底下似乎放了個東西。

擱在那邊很容易等等下車就忘了。

我移動視線往上，跟年輕人眼神交會，他恰好也在看著我，我指了指那個東西，他的表情沒有任何變化。

列車離站的逼逼聲響起，車門伴隨著單調的旋律闔上，算了。

這時一道黑色的影子從我面前閃過，意圖衝進快關上門的捷運車廂，他的動作太快，還伸手去扳門，站在門邊的女生嚇得後退了幾步，我趕忙抓住他。仔細一看，那不是剛剛撞到我的上班族嗎？

「我東西掉在捷運上！你幹嘛攔住我！」

他上氣不接下氣地對我大吼。

「先生，門要關了，這樣很危險的。」

其實並不會危險，只是通常這樣講人們會比較注意。

「那是我的戒指，求婚戒指！」

「那麼貴重的東西？」

「對啊！所以你剛不應該攔著我，我手插進去，車門就會再開了。」

上車的乘客又慢慢排成一條新的隊伍，像壁虎斷掉的尾巴再生一般。尾巴上的人們都把注意力集中在我們身上。

第一次，我從人群中浮現了。

「對不起、對不起，但那樣違反規定，眞的沒辦法。我趕快幫你聯絡車長，請他們幫忙處理。先生怎麼稱呼呢？」

最後一句是我自己的要求，沒什麼理由，我只是想知道熟面孔的名字。

「黃奕之，黃色的黃，神采奕奕的奕，之乎者也的之。」

他回答後咕噥了一句「又不是小學生掉便當袋」。

我拿起對講機跟小午聯絡。

「戒指，這人鐵定手上拿智慧型手機對吧。」

「你怎麼知道？」

「智慧型手機發明後，捷運遺失物的數量上漲了兩成啊。一堆人顧著玩手機，什麼都忘了拿，哪一天如果有人掛失小嬰兒我也不意外。」

小午自顧自一直講，還好黃先生沒聽到。他一臉焦慮，一會兒又拿起手機，像是要打給誰，沒打，又放下。

「你先處理正事吧，人家很焦急。」

「好啦好啦，升伯，你叫他形容一下掉的袋子長啥樣。」

我問黃先生，他趕忙比手畫腳說著：

「粉紅色的霧面紙袋，袋子大概這麼小。」

我轉述給小午，同時低頭看了看號碼1－3－32。再告訴他這是第三節車廂的第二個車門附近。那班捷運剛從下一站離開，看來得再過一站，才能派人上車幫黃先生找了。

關掉對講機，我對黃先生說：

「我們盡力找看看，黃先生您別擔心，很多案例都是有好心人把撿到的貴重物品送回來的，台灣最美麗的風景就是人了。」

安慰是這麼安慰，但我心底雪亮，其實拾回的機率很低，捷運上掉這麼多東西，雖然常常有溫馨的故事，說某某人拾金不昧，或是出外景到捷運保留遺失物品的辦公室，看到裡面有那麼多東西。其實只是龐大遺失物品的九牛一毛而已。

眞正的狀況是：許多的物品被捷運吞蝕，像遺失在大海裡一樣，再也找不著。

我對另一位保全打手勢示意，請他幫我看一下這邊，我陪著黃先生出站。上電扶梯時，我好奇心起——

「不過，黃先生你怎麼把戒指這麼貴重的東西帶在身上啊？」

「我今天要求婚。」

他苦笑了一下。

「那這樣還得了，我們一定得趕快幫你找到才行。」

「是啊，不過……也沒關係，說不定這也是注定的。」

他吐出令人意外的台詞，幾分鐘前他還急得要命，現在卻打算交給命運決定。

「你這算是提前發作的婚前恐懼症，很多人都會有的，別擔心。」

我又安慰了他幾句，平常的他看起來意氣風發，此刻卻像是脫水的蜜餞，整個人蜷縮著，被電扶梯往前推。

我忽然想起那位綠色青年的眼神、以及他放在座位底下的東西。

那是個粉紅色的小袋子。

該不會，黃先生的戒指不是自己弄掉，而是被偷的吧？

o3

無路用男——郭宗方

◎三十五歲，最喜歡的書：《嫌疑犯X的獻身》

❝

「我沒想到，裡面竟然是一只戒指。」

如果被警察審問，我一定會說出這句話。

❞

我最討厭那些穿得光鮮亮麗，在捷運上玩手機的笨蛋了。他們的存在只會讓我感受到世界的不公平。明明差不多年紀，爲什麼我得日曬雨淋做著一份又一份的臨時工，在人多的地方發傳單、在車多的路邊舉預售屋牌子。他們卻可以在辦公室裡吹冷氣，還領著超高的薪水，一頓晚餐就是我的一天薪資。

今天這小子更可惡，他從北投一上車，我就暗自祈禱他不要站在我面前。

爲什麼呢？

廢話，如果你討厭某個藝人，你會希望他占住你視線的百分之八十嗎？

很遺憾，事情往往是你越不想就越容易發生。大概到芝山站的時候吧（我對捷運到哪一站都很清楚，像他們這種玩手機的，常常車停了，猛一抬頭，才趕忙衝出車門），他手痠了，把公事包跟另一個袋子往地上放，捷運一啟動，那袋子就往我腳上靠。

混蛋！我的工作是人形立牌沒錯，但狗不可以在我小腿上小便，你也不准把東西靠在我腳上。

我很想跟他吵架，但對面坐了個很可愛的女孩子，要是眞的吵起來，那樣的女孩子一定會支持同樣是外表比較好看的他，其他人也只會覺得是我無理取鬧吧。這個社會就是這麼以貌取人。

我決定改變策略，用我的方法反擊——

我稍稍把併攏的腳往兩邊挪，粉紅色的紙袋緩緩倒下來（**劍潭站**），接著闔上腳，將袋子藏在後腳跟（**民權西路站**），最後，趁顛簸時用力向後一推，袋子就消失到椅子底下了，嘿嘿。

那傢伙在中山站下車，完全沒意識到自己忘記拿袋子。手機用太多就會這樣，被大量資訊轟炸，到後來，只要東西離開他們眼前，他們就會忘記那東西的存在。

正當我惡作劇得逞時，恐怖的事情發生了。

一個老老的捷運保全往我這邊看，指了指被我藏到椅子底下的袋子，我感覺到整個背都濕了。接著，那上班族逆向從電扶梯跑下來，一臉發狂的模樣，要衝進捷運裡。

就像跑到公路上的鹿，望著來車車燈沒有任何反應，我僵坐在那裡，被嚇得渾身動彈不得。

還好保全將他攔住，車門關上了。

我花了一站的時間冷靜，到台北車站時大家都下車，我趁機把袋子拿出來。

接下來，你們就知道了——

袋子裡是個淺粉色的毛呢方盒，金色鏤空花紋的緞帶繫在上面。我在袋子裡把緞帶拆開，裡頭是一只戒指。

從包裝跟剛剛那傢伙的打扮看來，這一定不是便宜的戒指。至於戒指本身，很抱歉我根本分不出來，我只知道上面那顆鑽石（應該是吧）看起來不小。

如果拿去當鋪賣掉的話一定很值錢！

五萬？十萬？

我可以兩、三個月都不用工作了！

等等，這樣算是偷竊罪嗎？可我並沒有那個意思啊！我只是想對他惡作劇一下而已，如果他發現不見了，我可不會制止他去找。也沒有規定說，當別人把東西亂擱在你腳上時，你得盡忠職守，腳都不能移動，更不能一時生氣把東西踢到椅子底下。

我只是動了動腳，然後現在剛好在椅子底下撿到一枚鑽戒。這是老天爺在行使他的責任，重新分配資源，讓整個社會更公平的責任。

更重要的是，要是把戒指據爲己有，我可以用它來跟小惟分手。

我們交往五年，我深愛著她。她在郵局上班，工作穩定，每天被去郵局的老人家問要不要當媳婦的次數也很穩定，我一直覺得自己配不上她。

以前，我也試過去找份工作，只是學經歷太差，長相又不討喜。有一次，面試官走進來，跟我講幾分鐘後，問我有沒有問題——

「沒有。」

「很好，那今天就先到這裡，我再請人資同事跟你聯絡。」

離開面試室，我聽到他用毫不壓低的音量對旁邊的人資說：

「下次書面審查多注意一下，好好過濾，才能節省大家的時間……」

沒有人聽到這種話不會灰心的。

我可以很認眞工作啊，我也不知道爲什麼履歷表上總是只能寫那些我最不擅長、做得最不好的事。

「你們這些憑著一張紙跟幾分鐘交談，就徹底否定我的人，你們也好不到哪裡去，只能繼續面試你們口中像我這種的廢人！」

我氣得在樓下大吼。

之後，我開始找臨時工。

臨時工做越久，越難回到正常的工作，誰會喜歡履歷上滿滿是「發傳單」、「會場布置」這種經歷的員工。到最後，我變得連面試的機會都沒有——我被這個社會遺棄了。

難過嗎？我早就不在乎了。

我只是很疼惜那一直在身邊陪著我，始終不離開的小惟。我想永遠跟她在一起，但又怕我無法給她幸福。不只一次，我告訴她：

「妳跟別人在一起會更好。」（附帶一提，她家人跟朋友也有一樣的看法。）
但她不肯，我們爲這個吵了很多次架。她愛我，她放不下我，她知道在我的世界裡只剩下她這麼一樣寶物了。

要是，我把這只戒指帶回家，藏在她可以發現的地方，首先她一定會非常開心，但我不要拿出來給她，一陣子後再拿去當掉。她會開始懷疑，以爲我送給別人了，只要我死不否認，她一定會很傷心、很難過，認爲我徹底背叛她了。
這樣一來，她應該會離開我吧。
接著，我再用當掉戒指的錢貸款，去夜市擺地攤，只要每天都有東西吃，付得起房租，偶爾還能去網咖打打電動，我的人生就很滿足了。
我不想再耽擱小惟的幸福了，你可以說我不負責任，但我認爲我是站在更高的角度，犧牲自己，才能盡更大的責任。

捷運列車過了台大醫院站。

我把戒指盒拿出來，準備塞到口袋裡，這時，之前看到的可愛女孩依然坐在對面，目不轉睛地瞪著我。眼神彷彿是在說她從頭到尾都知道我在幹嘛：

「你想偷戒指，用它去欺騙女朋友小惟，然後再換一筆現金來維生對吧。」

我緊張了幾秒，不過馬上恢復正常。

仔細想想，如果她眼神能表現出那麼多意念，她應該去當演員跟梁朝偉演對手戲，不是在這裡對我這白癡浪費她的演技。但或許是因爲我正在跨越那條犯罪的界線，她的眼神讓我一時之間不知道該怎麼辦。我看了看周圍，座位已經空下許多，只剩一個正在看漫畫的大學生，坐在她旁邊兩格遠的位子，那小子根本不知道發生什麼事情。就算我眞的把戒指收起來，那女的也不敢說什麼吧。

我狠狠瞪了她一眼，她趕緊轉開視線。

可是，如果是小惟坐在我對面呢？

要是她知道我爲了讓她離開我，去偷了一只戒指（我會跟她解釋我沒有去偷銀樓，只是在捷運上，動兩下腳就偷到了），她會很感動嗎？還是，她會徹底對我失望，覺得我眞的沒救了呢？

我想讓小惟離開我，但我不希望她對我失望。

我希望她得到幸福的同時，二十年、五十年後，心中依然記得曾經有一個男人爲了她的幸福而犧牲自己的幸福，這是我唯一能做，應該也是所有人唯一能做的，最象徵愛的行爲。

捷運駛進中正紀念堂站，有個穿捷運背心的人走進來，手上拿著對講機。我一看就知道不對，馬上拿包包蓋住粉紅色袋子。他彎下身來往座位底下看，看了我一眼，微笑，搖搖頭離開。

我把戒指放回袋子裡，扔在旁邊的座位上，腦袋繼續想剛剛的事情，我本來就不擅於思考，原本以爲對的事情，現在忽然要我這麼倉促地，在沒有心理準備的情況下忽然做決定……我不知道……

還好距離下車還有一站，我有最後一點時間考慮。

東門站。

我下車了。

下車前，我沒有再回頭望向那戒指一眼。

04

小模——艾美

◎二十八歲，最喜歡的書：《享受吧！一個人的旅行》

應該是吧，這傢伙。
算算我也好久沒遇到跟蹤狂了。

過了台北火車站後，坐在對面的男子手上忽然多了一個粉紅色的紙袋。他掛著個黑色腰包，穿著綠色、領口有點「啷」掉的塗鴉 T-shirt，底下是過寬的藍色牛仔褲，跟一雙有點舊的白球鞋，褲管的部分往上捲了幾折。粉紅色紙袋跟他的搭配程度，就相當於貝克漢走坎城影展紅毯時拿紅白塑膠袋一樣。

綠衣男把手伸進袋子裡，像怕被人看到一樣，把玩裡面的東西。

唉，看來他不是跟蹤狂，眞遺憾。我原本還以爲他不知道從哪開始跟著我，手上那袋子是準備要送給我的禮物。

最近這幾年，跟我搭訕的人越來越少，那些做出瘋狂行爲，好比在我家樓下監視、每天送三餐的人更是好一陣子沒遇到了。這有點像男生聊到當兵，當下你會覺得很噁爛、很不爽，但事後想起來，卻有那麼一些地方值得說嘴。

綠衣男越玩越投入，頭都快塞進袋子裡，他一會兒笑、一會兒皺眉，口中念念有詞（我想過，他不會是在袋子裡打手機遊戲吧），引起了我的好奇心，一直盯著他看。

通常這種事是反過來的，都是別人在看我。

講到這裡你們可能會覺得我太自滿，但請容我解釋一下，再怎麼說我也是靠臉吃飯的，雖然你可能不認識我，但你一定在某些雜誌（如果你看女性雜誌的話）的平面廣告上看過我，我也拍過幾支電視廣告，只是，若你總盯著商品看，那你可能不會注意到稍微站得靠近你家電視外框，身爲配角的我……

綠衣男忽然抬頭，與我視線交會，我趕緊把眼神撇開，但他卻緊盯著我，表情有些凶惡（因爲常得注意在廣告鏡頭邊緣的自己，我的餘光視力訓練得很好），我有點害怕。這時，有個捷運公司的人上車，綠衣男趕快把紙袋壓在包包底下，捷運人員在他座位附近張望了一下後離開。

那個袋子該不會不是他的吧？是他撿到的？

車子繼續行駛，我繼續偷看綠衣男。

他把袋子丟到一邊，雙眼無神，凝視著我頭上的白花油廣告。

車子到站，他像做了什麼決定似的，頭也不回就下車，將袋子留在座位上。

我走過去打開袋子。果然，裡頭是個被拆開的戒指盒，裝著一只大約一克拉的鑽戒。這要好幾十萬哎，他看起來不像是能負擔得起這麼昂貴戒指的人，這果然不是他的，難怪剛剛看到有捷運工作人員來的時候他緊張得要命。

但這麼貴重的戒指，又不是7－11的塑膠傘，有哪個笨蛋會把這東西掉在捷運上，如果連求婚的傢伙都掉了，那這人必然也沒有多愛求婚的對象吧。

難道是那位大叔自己的？

我仔細回想一下他的表情，說不定，是他辛苦攢下一筆錢買的，但求婚被拒絕，傷心之餘不想再看到這只戒指……

我誤會了，他不是跟蹤狂，是個好男人。

大人總喜歡幫小孩子決定未來職業，成績好的人適合當科學家，跑步跑得快的人適合當運動員——

「艾美這麼可愛，將來一定是大明星。」

我不知道其他小孩被分派職業時心裡怎麼想的，但我可是一聽到就覺得再合理不過。

沒錯，我生來就是該走明星這條路的人。

國中時，我的房間裡掛了一張廣末涼子的海報，每天回家，我都會跟她分享今天又有哪個別班男生送巧克力來，或路上遇到星探問我想不想拍廣告（等我長大一點後，我才知道有很多是騙人的），那時爸媽已經不會鼓勵我去當明星了，所以我也不常跟他們聊這件事，只會把我的心事告訴廣末涼子，在她面前練習走台步，請她給我意見（我沒有幻聽，所以我只會聽見我自己想像的意見，像是「妳台步走得真好」）。

只要有一天，我坐在家裡的沙發上，又同時出現在電視機裡，爸媽就不會反對了吧。

上大學後，我遇見了我的初戀男友。

我們交往了好幾年。我對於工作跟感情都相當專一。我唯一想做的，就是當明星；我唯一喜歡的男人，就是初戀男友。

大學期間有些人談戀愛只是純粹地想這麼做，或是覺得對方很棒，想占有他，好比掛在專櫃架子上的衣服一樣，如果可以用很便宜的價格買下來，你當然會想。但抱持這種想法的人，當他們把衣服買下來，被告知「所以囉，接下來你永遠都只能穿著這件衣服」時，他們往往會後悔，開始覺得這衣服沒那麼好看，幾個月後便忍不住換了一件。

跟那樣的人不同，交往的那一剎那，雖然沒有說出來，但我們就知道會跟對方一直走下去。

男朋友也很鼓勵我往演藝圈發展，他不止一次說過：

「我覺得艾美比大多數明星好看。」

只要沒課，他就會陪我去試鏡，陪我去走秀。他長得也很不錯，幾次別人看到坐在旁邊的他，還問他要不要也一起入鏡，他總是笑笑地拒絕，他開玩笑說怕自己成了梁朝偉，而我是周星馳，比他晚紅好幾年。

我失敗了。

我很早就出道，很快就接到第一份平面雜誌模特兒的工作，當時大家都看好我，然而過了好幾年，我還是只能當那種不起眼的花瓶腳色。就好比去旅行，你原本以爲現在這裡是轉運站，下一班車馬上就來了，但過了半天卻什麼都沒等到，直到天黑了，你才醒悟，這邊該不會就是終點站，剛剛的是末班車吧。

我的粉絲只剩下「初次認識的朋友」這個特定族群，因爲他們可以透過面對面接觸的我，進而認識演藝圈裡的我，然後崇拜我。對一般觀眾來說，我是個可有可無的存在。

我開始夜夜笙歌，到處去認識人，只爲聽聽那幾句：

「好厲害噢！」「我要跟妳合照！」

這些台詞，滿足了我那應該從第一部偶像劇女主角、第一支代言廣告這些腳色中得到的成就感。

我的生活變得越來越混亂，父母不諒解我（因爲我只出現在自己房間裡的雜誌上），我也沒想讓他們多諒解我，廣末涼子也不跟我說話了。

一直陪在我身邊的男朋友，最終也做出了決定。

◎

「嫁給我吧。」

男朋友從口袋中拿出一只白銀戒指。他要出國念書，想帶我一起去。

「第一眼見到妳，我就知道會有這麼一天了。」

他一臉眞誠地笑著，當下，我立刻答應他，陪他一起出國念書。

◎

我把玩綠衣男留下的戒指，尺寸意外地適合，我笑了一下，再把它脫下來。

如果，在出發的前一週，我不要把戒指也這麼脫下來，現在一切就都不一樣了吧。

答應求婚後，我才意識到，那等於是要放棄我的明星夢。

我從沒想過要放棄它，廣末涼子雖然不說話了，但我知道她也不會答應的。

我跟男朋友溝通，想在台灣多待兩年，給自己最後一次機會，眞的失敗了再去找他。但他不願意，他說我的生活已經夠混亂了，他怕他不在時我會無法照顧自己。最後，他甚至要我在工作跟他之間做抉擇，我很生氣，他不是要出國念書嗎，怎麼連 You can't compare apples and oranges 這句俗諺都沒聽過。

「對不起，是你逼我做這個決定的。」

脫下戒指時，我沒有哭，但當他的飛機離開台灣地面後，我哭了整整一個星期。我離開我喜歡的人，只剩下夢想陪著我了。

之後，我重新腳踏實地往夢想邁進，我接下任何能做的工作，經營臉書、花錢請人外拍、我甚至去農產品特賣會當促銷女郎，只爲了新聞採訪那幾秒的曝光機會。

說不定哪個製作人會剛好看到新聞，聯絡我去參加試鏡。

很遺憾地，我還是不紅。

努力之於成功，就好比買的彩券數目跟中獎，你越努力，你手中的彩券越多，但不代表你就一定會成功。運氣不好的人再怎麼包牌也是徒然。

我抱著一堆沒兌中的彩券過日子。

半年前，我輾轉得知他學成歸國，如今在外商公司上班。我始終期待他會主動聯絡我，我們可以喝杯咖啡，像對老朋友那樣。

一直到前幾天，我才徹底打消這念頭。

當時，我坐在客廳沙發上，他出現在電視螢幕裡面——

他拍了一支廣告。

他比我先一步，實現了屬於我的夢想。

這是梁朝偉的報復嗎？

o5

阿宅大學生——賴子隆

◎二十一歲，最喜歡的書：《春宵苦短，少女前進吧！》

”

這樣下去根本沒辦法專心看漫畫啊。

我不時抬起頭，望向右前方的那位正妹。

“

嚴格來說，「妹」這個字是錯的，她應該比我大。

不過我不會介意，這就跟徐若瑄如果說要和我交往，我也不會拒絕她一樣。

年紀這種東西只是身分證上的一組十進位制二位數，沒有任何意義。重要的是彼此心靈是否契合。或者，好吧，你猜對了，是否漂亮。

這是我在捷運上第一百三十七次陷入一見鍾情，跟我談過戀愛的比例趨近於無限大。

任何數字比上零都是無限大。

打從高中畢業，自宜蘭來到台北念書後，平均每三天我就會在捷運上遇到一位夢中情人。或許你會覺得這樣的比例未免也太高了一點。但請仔細想想看，一節車廂有六十個座位，地表面積約四十幾平方公尺，以每平方公尺能站六人爲基準（最高可達七人，不過我上學的時間往往不會這麼多人），一節車廂大約可以容納三百多人。捷運上的男女比例約爲三．五比六．五，約有兩百位女性乘客，三天來回，大約就會遇到一千位左右的女孩。千分之一的邂逅，這機率算起來一點也不高（我說過，年齡對我而言不是問題）。

到這裡，你應該多少可以猜到了吧，我主修的是數學。

我通常會在捷運上看租來的漫畫，漫畫有兩個缺點：第一、太快就看完了；第二、看到感動處不能在捷運上大笑（哭），你可以試試看，第二點眞的還挺痛苦的。

漫畫看完後，我四處張望看看是否會遇到夢中情人。我發現，一個人的長相其實是一個隨機變數。搭車遇到的熟面孔，只要仔細觀察，就會發現他們每天長得都有點不一樣。更別提角度的影響了，有些人的側面很美，但轉到正面，嗯，卻不是那麼一回事，也有些人低頭時看起來很普通，但接起電話微笑時，哇，不是我在說，跟雜誌上的模特兒一樣閃閃發亮。

最讓我印象深刻的是那些不在意旁人眼光，一上捷運找了個位子坐下，就開始畫起妝的ＯＬ們，人家是明星上電視表演卸裝秀，她們是在捷運上表演化妝，每次看她們畫完我都在想，人定勝天這句話眞是，他媽的一點也沒錯。

如果說平均每三天會遇上一次眞命天女，現在右前方的那位輕熟女，大概就是三十天才會遇上的三生三世情緣（平均是萬分之一的機率，全台灣不限年齡也不超過一千位女孩），她穿著白色的寬鬆雪紡上衣，肩膀露出一截黑色緊身背心，下半身則是薄荷色長裙，配上白皙的皮膚，就像掉落在捷運上的一顆鑽石，閃閃發亮。

我瞬間幻想起捷運在下一刻因爲不知名的原因緊急剎車，斷電，車上陷入一片混亂，我閃著手機的燈光找到驚慌失措的她，從後面抓住她的手，要她別害怕，只是供電出了問題。接著一連串劇烈的地震，天搖地動，就像望月鋒太郎老師的巨作《末日》一樣，整個世界遽變，遠古文化預言的末日提前來臨，她需要我，我會好好照顧她，我們的愛情在患難中萌芽、茁壯。

多麼美麗的一段故事啊，我幻想著，這不是我第一次想像這一連串故事了，所以我每次都可以把故事細節設定得更清楚，更符合理想。

只是這次，跟別的女主角不一樣，在掙扎著爬出翻覆的捷運車廂後，我會先要求她脫掉臉上那副無鏡片膠框眼鏡。

我的度數很深，飽受戴眼鏡之苦（特別是吃泡麵的時候），這讓我痛恨那些愛戴無鏡片眼鏡當裝飾的人。眼鏡基本上有兩種用途：看得清楚以及保護打球或打架時不會被戳眼睛，但無鏡片眼鏡完全不具備這兩種功用。

我越看鏡框越不順眼，那樣的存在就像玫瑰花上爬了一隻噁心的毛毛蟲，我嘖了一聲，沒人聽到，這時，我發現輕熟女專心地看著一個方向（就跟我看她一樣專心），順著她的眼神，我注意到左側幾個空位外的一位綠衣大叔。

爲什麼她要這樣看他？拜託，難道她沒注意到那位大叔的肚子大到讓他身上的那個粉紅色袋子像是被放在金字塔剉冰頂端的那球冰淇淋一樣，搖搖欲墜嗎？而且男人拿粉紅色的小紙袋？拜託，會不會太娘。

這樣的搭配讓我想起前些日子搭捷運時，看到一個花很多心思打扮的男生，揹個紫色包包上車，一臉跩樣，巴不得大家對他品頭論足一番。沒過幾站，上來一個像剛買菜回來的大嬸，恰好拿著跟他一樣的包包，還搶在他前面，一屁股坐上了他前方剛下車乘客的座位，你沒看到那傢伙臉上的表情，比有人搶了他包包（此刻他應該很懊惱在前一站怎麼沒發生），或比痛毆他一頓還慘的表情。我快笑死了，依照那種人的個性，那個包包肯定得被打入冷宮好一陣子。

我來回看了輕熟女與綠衣大叔幾次，實在搞不懂前者爲什麼要一直看著後者，通常我把這種狀況稱爲「通靈眼女孩VS被帥哥鬼附身的男孩」。

想必大叔身上的帥哥鬼長得眞的很俊俏吧。

大叔臉上表情很怪，一會兒皺眉一會兒又傻笑，一會兒又左右張望，那模樣很窩囊，眞不知道帥哥鬼爲什麼要附在他身上而不是我身上。

到東門站，大叔下車。

奇怪的事情發生了。

他把粉紅色袋子留著，然後，我的三世姻緣坐到他的位子，把袋子拿起來，彷彿在確認什麼似的，認眞檢查起袋子裡的東西。

這……這是毒品交易嗎？

事情還沒完，輕熟女把袋子裡的東西拿出來，竟然是一只鑽戒?!

然後，她將戒指套上無名指，尺寸完全吻合，該不會眞的是要給她的吧！

這是怎麼一回事，他們在捷運上玩什麼浪漫的私訂終身嗎？而平均每三天陷入一次一見鍾情，動輒幻想起高度危險劇情的我此刻竟然只能淪爲配角，坐在一旁當他們的觀眾嗎？

輕熟女默默盯著戒指，半响沒說話，我左右張望了一下，車廂只剩我們兩個。忽然，我看見另一顆鑽戒，從她的眼睛墜落，滴上了那粉紅色的紙袋——

兩顆、三顆、四顆，眼淚從一滴滴變成了一串，沿著她的雙頰滑下。
事情已經發展到遠遠超乎我能想像的了！
而且她竟然把手指伸到鏡框裡面擦眼淚！扣分！

但，等等，現在會不會是個好機會？
我思考了一下，撇除一直沒來造訪的世界末日，還有什麼比邊拿著鑽戒邊落淚更脆弱的時候呢？要是我能把握機會，走過去安慰她，說不定她會一頭靠上我那只有搬二十八吋電腦螢幕才用得到的胸膛，我們的感情將會從她前一段失敗的戀情廢墟中萌芽、茁壯。
我感覺到心跳加速，如同蹲太久忽然站起來一般，一條條穿著湖人隊紫金色球衣的蝌蚪在我眼前竄動。
手伸進包包，我握住前幾天路上發的面紙，心中盤算第一句話該說什麼，糟糕的是，越是認眞想，我越不知道該怎麼開場。

車子抵達象山，輕熟女沒有要下車的意思，其實我應該要在世貿站下車的，所以我也沒下車。一、兩個乘客上車，滿臉莫名其妙，沒辦法，車廂上唯二的兩個人一個在哭、一個在發抖，就算說這節車廂剛被沙林毒氣攻擊也沒人會感到意外吧。

剛上車的乘客都刻意跟我們保持距離，很好，我還有很大的空間與時間可以搭訕，我決定趁車子離站前，發出逼逼聲響時，移動我那此刻有如錨般沉重的屁股到她旁邊。

這次絕對要付諸行動。

逼逼，逼逼——

當我站起身子時，輕熟女忽然也站起來，下車了！

「妳東西忘了拿！」

情急之下我脫口而出，事後想起來，這是我對她講過的唯一一句話。

06

計程車司機——李明中

◎四十四歲，最喜歡的書：《三國演義》

”

我現在能做的，就是以平靜、不再踩歪的步伐，過完我的人生。

我想，這是最重要的。

“

「舅舅，這是媽要我拿給你的——阿嬤種的香菇。」

「還有這個，舅舅可以幫我拿去警察局嗎？」

我跟外甥約在象山站外面我排班的地方，遠遠看到他過來，我把前座的包包跟幾本書挪到後座。子隆一手捲著一本香港武俠漫畫，另一手拿著媽媽常用的綠色大塑膠袋，跟一個像要送女孩子禮物的小袋子。

終於有對象了嗎？

我這小外甥雖然很會念書，但對感情始終沒辦法，每次看到他，總是穿著各種紀念 T-shirt、相似的牛仔褲，以及揹個彷彿要去攀玉山的大背包。

大姊常要我多關心他，只是在這方面，我也沒做得多好，根本不知道該怎麼給他建議，要是問起他有沒有對象，他的眼鏡會在一瞬間反光，看不見眼神，只能聽他千篇一律地回答：

「沒有啊，那種事情有什麼意思。」

原本以爲他總算踏出第一步，想不到，他卻要我把這個送到警察局？

「這是什麼？撿到的？」

「嗯嗯，捷運上撿到的。」

「那爲什麼不拿給捷運公司就好了。」

「裡面是鑽戒，應該很貴吧，直接送到警察局比較安全。」

「那你爲什麼不自己拿過去就好了。」

「因為我等等有課，而且舅舅對警察局比較熟——」

他話講到一半立刻閉嘴，但已經來不及了。

「好吧，那我送你去學校，等等舅舅載客人有順路，再幫你送去警察局。」

這小子說的沒錯，我是對警察局比較熟，甚至可以說，嗯，很熟。一直到前幾年，我還常被請去那裡「泡茶」。

意識到說錯話，子隆一時尷尬得不敢開口。車子裡只剩冷氣聲，如同夏天的蟬鳴，單調的聲響更襯托出空氣中的寂靜。小孩子無心的話，我全然沒放在心上。車子上高架橋，超過幾輛車後，我開玩笑說：

「舅舅知道警察會問啥，你先告訴我一下，你在哪裡撿到的吧。」

子隆噗哧笑了出來。他說這是位很漂亮的女孩子留在捷運上的，但其實也不是那個女生的，是一個大叔留下來的，那位漂亮女孩撿起來玩了一陣子，又留在車上，最後才輾轉到他手上。

「所以根本不是那女生的吧。」

「是……沒錯啦，不過我怎麼都覺得比起那個大叔，這戒指更像是屬於那個女孩子的啊。」

子隆拋著袋子，用雙手接住，再拋起來。

「啊，對了，媽媽要我跟舅舅轉述，阿嬤很想你呢，要你有空回宜蘭。」他頓了頓，「阿嬤還說，既然都是開計程車，那回宜蘭開也可以啊，羅東、礁溪那邊也很熱鬧啊。」

我笑了一下，回答：

「好吧，下次放假時會回去，你幫我打手機跟你媽說，最近不景氣，要多跑一點。而且比起宜蘭，還是台北的生意比較好。」

「噢……我想說下次回去可以搭舅舅的便車咧。」

「可以啊，下次你回去前跟舅舅講一聲，我們一起走吧。」

「好啊。」

子隆笑得很開心。我瞄了一下他的側臉，雖然念大學了，但在我眼裡他的輪廓還是像個小孩子，臉上戴著銀色方框金屬近視眼鏡，是小時候太愛打電動導致的。

第一次帶玉琪回家的那年，子隆才一歲，她很喜歡他，抱著他、逗他玩。

送她去車站回台北時，話題依然繞著子隆打轉：

「怎麼會有這麼可愛的小寶寶，眞捨不得把他放下來。」

「妳住下來，就可以一直跟他玩啦。」

「可是我沒帶換洗的衣服哎，要等到以後才能。」

「我是說，一直住下來。」

像忽然被電到一樣，玉琪停下步伐，轉頭看我。

「啊啊，那個門就可以了，不用過紅綠燈沒關係。」

子隆像乘客一樣跟我解釋車該停哪，比起剛剛說錯話，這種身分錯亂的感覺反而讓我有點介意。

「謝謝舅舅，下次我要回去再找你噢。」

「嗯。」

「戒指的事情就麻煩舅舅啦。」

話還沒說完，車門就先關上，子隆已經在好幾步外。現代的年輕人就是這樣，彷彿得把好幾件事摻在一起做才會安心。

我看了一下錶，據說當初發明時鐘，就是希望人們能約好時間，一次、一起、做一件事，想不到幾百年後，手錶被手機取代，人們又回到一次做好幾件事情的模式。

摸了一下手錶，我不只一次、一天、甚至是一年，我也只做一件事，那就是開車。

時間還早，不到上午十點。

綠燈亮起，我把車開到前面的樹蔭底下停著，打開粉紅色的紙袋。

當初送給玉琪的戒指，大概不到這個十分之一價錢吧。

玉琪轉過身來，我單腳跪在地上，完全不顧路人的視線，車站旁柑仔店的老闆坐在外面乘涼，從小他看我長大，眼角餘光裡的他嘴巴大得像我們上週去海邊釣起的魚，吸不到空氣，闔不攏嘴。我第一次知道原來他嘴巴能張這麼大、這麼久。

不知道是錯覺還是心理作用，當玉琪將金戒指套上無名指時，路燈流瀉出的水銀色燈光在戒指上閃爍著，原本便宜樸素的戒指，一瞬間比銀樓裡最大的鑽戒還要璀璨。

婚後幾年，我染上賭癮，週末在骰子跟撲克牌的世界裡賺的比一個月薪水還多，我以爲自己找到分析的竅門，要是在學校早知道數學也能賺錢，我早就學得比誰都好了。很久以後我才知道，那只是機率之神偶然的眷顧罷了。沒多久，因爲跟公司預借的薪水超支，被老闆開除。找不到工作又缺錢，只好去借高利貸，還不了高利貸只好去幫忙做一些高風險高報酬的事情。之後，如子隆所說的，我進出了好幾次警局，甚至是監獄。有一次我實在犯了大錯，被關三年，出來後回到家裡，老媽跟我說，玉琪已經回娘家大半年了，我追去娘家找她，他們說玉琪不住這兒，也不肯告訴我玉琪在哪兒。

「你如果還愛玉琪的話，就讓她找回她該有的，屬於她的人生吧。」丈母娘沒有痛罵我，反而用近乎哀求的語氣對我說，我點點頭，那時候，我能做的好像也只有點點頭。

現在的科技很發達，各式各樣的聯絡管道，手機、家中電話、地址、以及一堆網路電腦工具，像是臉書或 LINE 之類的，只要點幾下，就能找到好幾年沒聯絡的朋友。可是就我們這一輩的人而言，人與人之間的聯繫，脆弱得可憐，只要一個不小心，那人就像跳上一班不知道往哪去的火車，消失在夜色之中。

從那之後，我再也沒見過玉琪。

「這戒指還真漂亮。」

自言自語，我決定晚一點再送到警察局，拆開照後鏡上平安符的紅線，穿過戒指，我把戒指跟龍山寺的平安符一起綁在照後鏡上，戒指成了裝飾品，又像個符，只是祈求什麼，我一時還想不到。

我扭開電台，開始上班。

通常一天我會跑十二小時，從早上九點開始跑到晚上九點。雖說大夜班比較容易遇到長程的客人，相對好賺，但我不想像其他同行，爲了賺錢，連身體都搞壞了。再者，現在孤家寡人，開銷也不大，只要控制得好，扣掉房租跟油錢，一個月也花不到五千塊。

這樣難道不會孤單、不會後悔嗎？

當然孤單啦，沒有人喜歡一整天都只能跟陌生人講話，生活上所有發生的一切，都只能悶在心裡，沒人可以分享。剛開始，我甚至會祈禱今天不要發生什麼有趣的事情，不然那樣的有趣將會像個鬧鐘般反覆提醒我，你現在是一個人，你現在是一個人。

但我不會後悔，應該說，如果我還是二十五歲，我會後悔到去撞牆、去翻遍整個台灣也要找到玉琪。但是現在，我已經四十幾歲了，我沒有太多的時間讓我浸泡在後悔的苦水之中了。

過去的日子讓我學到，真理並不是藏在書本或是什麼努力不懈的人生中，而是在錯誤裡面，唯有透過錯誤，甚至可能錯到連下次機會都沒有了，你才能得到它。

我現在能做的，就是以平靜、不再踩歪的步伐，過完我的人生。

我想，這是最重要的。

中午，我把車子停在巷子裡，邊吃便當邊聽電台。有些同業會在車上裝數位電視，但如果休息時看，開車也一定會忍不住看，那樣分心太危險了。所以我還是選擇聽電台打發時間。每個時段我都有固定收聽的節目，最喜歡的是晚上七點佳雲電台的節目《講東講西講音樂》，主持人 Rossy 會介紹一張西洋或中文專輯，不僅放音樂，她還會介紹跟專輯相關的故事，好比創作背景、發行時引起的話題、對音樂圈的影響……諸如此類，是個兼具知識與趣味性的節目。Rossy 很專業，咬字清楚，具有個人風格的輕柔嗓音聽起來也相當舒服，託她的節目之福，每天晚上七點到八點的工作時間總是過得特別快。

吃飽後，我撥弄了一下戒指，開出巷子，繼續工作。

下午比較少人會招計程車，送了一個客人去淡水，再從淡水一路來來回回，又開進市區，在信義區繞了兩圈都沒人，我隨興往六張犁住宅區開去。一位約莫跟我差不多年紀的中年女子，穿著輕便的套裝，在騎樓下攔車。

「您好，麻煩您載我到古亭站那邊。」

我忍不住往照後鏡一望，這嗓音我一聽就認出來了——她是Rossy。

我的視線往下移，掛在平安符旁的戒指，像正在顯靈的符咒一樣，隱約地閃閃發亮。

07

電台主持人——Rossy

◎四十四歲，最喜歡的書：《傷心咖啡店之歌》

”

有的人習慣透過文字，有的人擅長在攝影棚內，
搭配肢體語言、眼神來傳達他的想法，
而我呢，則是適合獨自躲在小房間裡，
挑幾首喜歡的音樂，閉著眼睛說出自己的想法。

“

「您好，麻煩您載我到古亭站那邊。」
我故作鎮定說完這句話，心裡三百條斜線。

為什麼會坐上計程車呢？我明明又沒攔車啊？

真要說的話，我只是走出騎樓，看見迎面而來的計程車照後鏡下怎麼掛了個東西，像星星一樣閃耀著，舉起手遮住眼睛，放下來時，車子就這麼停在面前，我也不好意思跟他解釋這個誤會了。

雖然有一定的存款，不過像我這種沒穩定工作、沒勞健保退休金的SOHO族，還是得未雨綢繆，時時替自己將來老了做打算。這陣子經濟不景氣，邀稿的數量變少，我便省吃儉用起來，連傍晚去電台工作也是帶自己準備的便當，更別提坐計程車了。

偏偏這台車還不是車隊，私人計程車雖然某種程度上跟我一樣算是SOHO族，應該要互相捧場一下，但安全性跟車內清潔通常比較不理想。

還好，這台車雖然有點舊，裡面卻整理得很乾淨，車子裡還有股香味，但不是那種廁所芳香劑的氣味，循著氣味，我轉頭一看，乘客座位的後方平台上放了幾塊手工香皂。

這年頭生活眞不容易。

「大哥，你還有兼賣手工香皂噢？」

「不是不是，那是朋友做的，我捧場買個幾塊。」

他回應得有些急促，說到一半的話在空中凝滯了一會兒，他又說：

「說實在的，那麼貴，我捨不得拿來洗澡，洗得香噴噴又沒什麼意思。想想乾脆放在車子裡，讓客人坐我的車可以聞一聞，那不是更好。」

比起那些滿滿貼在駕駛座後面的信用卡廣告，像飛機一樣的小螢幕，還宣稱這是「強迫收視環境」，跟業者收取更高的廣告價碼，這位司機先生的做法，才是眞正服務業該有的態度。

我對私人計程車的印象也該改變一下了。

我瞄了一下計程車登記證——李明中。再把視線轉到照後鏡上，跟照片裡有點不一樣，他本人有些鬍渣，膚色偏黑，沒戴眼鏡，穿著平價品牌的藍色 polo 衫，撇開偶爾跳錶的聲音，坐他的車，我有種搭便車的錯覺。他握著方向盤的右手，青筋很明顯，手掌背面上有好幾條，在手腕匯流成一條，消失在 polo 衫裡。

「不好意思，請問妳是Rossy嗎？」

「咦？噢……是，我是……」

司機李大哥忽然認出我來，讓我嚇了一跳。

這不是我第一次在路上被陌生人認出來，以前有好幾次跟朋友上館子吃飯，點菜點到一半，對方就尖叫出聲來了（我朋友總愛叫我點菜，雖然表面推辭，但被認出來的那刻我還是挺開心的）。

只是距離上一次被認出來，已經是一年前的事了。

「聽妳講第一句話，我就認出來了，我很喜歡聽妳的節目。」

「真的嗎，謝謝你的支持。」

比起以前被認出來後那種純粹的開心，此刻的我還多了幾分感嘆。

因為從前我一定會接著問：

「請問是哪個節目呢？」

全盛時期的我手上同時有四個電台節目，包括兩個帶狀時段。但現在，他這樣說，一定就是碩果僅存的《講東講西講音樂》。

因爲電視、網路的發達，紅極一時的電台越來越沒落。對大眾而言只是換了一種休閒的方法，但是，對身在這個行業的我們，卻是有如看見生存的大門被毫不留情地關上一樣。

「妳昨天介紹到的那張專輯……跟兩週前那張……」

車子過一兩個紅綠燈，李大哥跟我聊起節目的內容，這下我才知道他不是隨便聽聽打發時間，而是個專業的粉絲。遇到這樣的聽眾眞難得。平常除了工作，一整天我也很少跟別人聊天，聊著聊著，內容也越來越輕鬆。

「妳那麼晚去電台上班可以嗎？是上夜班噢？」

「不，我們不算是電台的員工，只有錄節目時我們才會去，算是副業吧。通常我們會去接一些其他的工作，不然光是每天工作兩、三小時的薪水就能養活自己，電台主持人就要榮登最幸福的職業之一了。」

李大哥沒立刻回答，他打了方向燈，變換車道，切入左側車道後，他才說：「那妳為什麼不像有些ＤＪ一樣，也上電視通告，我聽妳節目就知道，妳比起那些名嘴有內涵多了，加上講話聲音好聽，人又好看。」

講到最後一句話時，我抬頭看了一下照後鏡，他沒從照後鏡上看我，依然專注地望著前方開車。

通常我不大喜歡聽到對外表的讚美，特別是中年男子說起，話中往往帶著「討好」跟「討便宜」的不愉快感。但這次卻沒有任何一點負面的感覺。

通常只有兩類男生能辦到：善於跟女人交際或——個性坦率的人。

就像這台車給人的感覺，李大哥毫無疑問地是屬於後者。

我思考了一下後回答：

「嗯，怎麼說呢，這樣好了，法國人很喜歡喝紅酒，他們針對不同品種、不同釀造方法的紅酒，設計不同的杯子，激發出每一款紅酒最甘醇的味道。溝通這種事情也一樣，有的人習慣透過文字，有的人擅長在攝影棚內，搭配肢體語言、眼神來傳達他的想法，而我呢，則是適合獨自躲在小房間裡，挑幾首喜歡的音樂，閉著眼睛說出自己的想法。」

話說完，車子裡一片安靜。

察覺到自己正跟一個陌生人講到這麼內心的話，我有點不好意思。一定是因爲夜晚的計程車裡，跟錄音室的環境有點相似，我才不自覺這樣的。

「好有趣的比喻，哇，就好像是聽到現場的《講東講西講音樂》，這眞是我的榮幸。」

照後鏡裡的眼睛笑了起來。

「前方可能有車禍，塞車塞得好嚴重，主持人妳不趕時間吧。」

「沒關係，距離節目播放還早，我通常會先去整理一下資料。」

「一小時的節目，需要準備多久呢？」

「平常就要自己花時間蒐集資料，每天播放前一小時我會先進錄音室，重新re一次當天的內容。」

「嗯，原來這麼費工夫。」

車陣像大賣場排隊結帳的顧客，堵在紅綠燈前緩緩移動。

我沒說出來的是，並非每個人都像我這麼認真。

好比許多名嘴，大家喜歡聽他們說話，電台就找他們來主持。而那些名嘴把持了社會公器，卻不知善盡公共責任，不尊重廣播、不尊重聽眾，資料都請助理在網路上蒐集，不確認來源，節目內容總是重複跳針，把一件值得深入的事情用二分法輕率地剖開，專挑對自己或贊助商有利、或大眾喜歡的那面解釋。

冷眼旁觀的我原本以爲這樣的節目一定活不下去，但沒想到大受歡迎。

這社會變了。

我起先很憤怒，氣聽眾竟然沒站在我這邊，選擇去擁抱那些沒知識、只會譁眾取寵的跳梁小丑。

但最近我有了新的想法，我想，其實亂象並不能歸咎這些名嘴，這種人無論任何時代都存在，只是這個社會，現在這個環境，就像臭水溝一樣，最適合孑孓繁殖。

他們是從生病的群體意識中，召喚出來的形象。

像我這樣，堅持對所說的每句話負責、堅持說出的每句話都要乘載知識的人，恐怕早晚都要被淘汰了。

我意志消沉，工作的價值自此消失。

「主持人，要不要我把妳載到旁邊的捷運站，讓妳搭捷運去好了。這段車錢就不用算了。」

李大哥的一句話把我從自己的世界裡拉回來。看我不說話，怕是讓他以爲我在擔心趕不上，或是計較起車錢。

「沒關係，眞的不急。倒是我有點好奇，希望問了你不要太介意……為什麼你會把戒指掛在照後鏡上呢？有什麼特殊的意義嗎？」

「哈，這戒指跟我一點關係都沒有。」

李大哥解釋著，原來是一個中年人留在捷運上，被他外甥撿到。

「但他說，後來又有個女生拿起這只戒指，哭得唏哩嘩啦。再把它留在車上。完全不知道是怎麼一回事。我外甥要我幫忙送到警察局去。」

「因爲他趕著要上課。」

李大哥沒來由地補了一句。頓了頓接著說：

「但我今天生意特別好，一直抽不出空來。想說等到下班再過去。」

一般人怎麼會故意把這麼貴重的戒指丟在車上呢？然後還有一個女孩子哭得唏哩嘩啦？

迷霧般的來由激起我的好奇心，沒有多想，一個念頭衝口而出：

「李大哥，你把戒指交給我，我用節目廣播看看，說不定可以快點找到失主，如果沒有，我下班再幫你送去警局，這樣好嗎？」

「這樣不會太麻煩……唔……Rossy 妳嗎？」

「不會，只怕我們節目現在比較少人聽了，效果不夠大。」

「那好啊，其實剛跟妳講完，我也覺得好像這事不大單純，但被我耽擱了大半天，正覺得有點不好意思，如果透過節目能快點找到人，那再好不過了。」

車子抵達電台大樓，李大哥摘下戒指，放回原來的盒子與紙袋裡。粉紅色的包裝，原本是象徵幸福的顏色，此刻卻流落在兩個陌生人手上。

我向李大哥留了電話，跟他說有結果我會再告訴他。

「其實不用妳聯絡，在節目裡講一聲，我就知道了。」

「哈，也是，真是謝謝你的支持。」

其實，我留電話還有別的目的，以後如果搭計程車，倒可以支持他一下。

下車後，我站在大樓旁的巷子裡，不想讓其他同事問太多，也怕弄壞包裝，我從紙袋裡拿出戒指盒，攤平紙袋，收好放到包包裡，再拿出包湯匙的保鮮袋，翻面，套在戒指盒外，儘管包得緊緊的，但我可以確實感覺到戒指的光彩在盒子裡來回碰撞、反射。

要是此刻把它打開，應該會像電影一樣，從盒子裡綻放出光芒吧。

作節目也是一樣，在看不到的地方，有人默默支持。

跟李大哥的短暫相處，讓我體會到，原來心不只是支持生命的器官，是比眼睛還要強大的感官，只要用心，就能與聽眾們在空中無形地交流——

好久，我都快忘記這樣的感受了。

08 交會點

「騙我的吧?!你把戒指弄掉了?」

「認識這麼多年了，我怎麼可能騙你這種事情!」

「正因爲認識很多年，所以我相信你，這件事一定是騙我的。」

「媽的!我不是在跟你開玩笑!」

「……所以，你眞的在捷運上弄丟了戒指，就跟掉了把7-11的塑膠傘一樣?」

「對。」

「那今天晚上求婚怎麼辦?我只負責統籌，不負責幫你生出一只戒指噢。」

「我知道，我會去求銀樓，先借我一只類似款式，之後再想辦法吧。」

「你要用什麼理由跟他們借？」

「就老實說啊。」

「我相信他們必定很樂意把戒指借給一個剛弄丢戒指的人。」

嘟——

把手機移開耳邊，思敬還是難以置信這位從小到大的死黨，竟然會在求婚當天弄掉戒指。

這件事絕對不能讓絲薇知情，身爲「奕之絲薇」求婚計畫執行長的他在心裡盤算著。

取消好了，現在還來得及。

可是，一些絲薇的朋友也有參與，一個沒弄好就會穿幫。

不，說不定絲薇早有預感今天晚上會發生什麼事，面對這種事情，絕對不能小看女人的直覺，臨時取消反而會讓她起疑竇。

「有得求婚還不好好把握，王八蛋。」思敬咒罵了一聲，回到座位先準備等等與美國總公司的視訊會議。

脫下橘色背心，雲升卸下了捷運保全身分，準時於六點半下班。

平常他會搭捷運回家，他很喜歡這段路程，雖然只是個小職員，但卻有種微服出巡的趣味。切換至乘客的角度，許多原本從保全身分看到的畫面變得截然不同。

對喜歡吸取知識的雲升來說，無法「讀萬卷書，行萬里路」一直是他引以爲憾的事情，能這樣從不同視角觀看同一段風景，也算稍微彌補了遺憾。

不過，今天他選擇踏上往地表的電扶梯，走出中山站。

傍晚，天空像深海的顏色，他站在海底，兩旁高樓是發亮的海底峭壁，一盞盞路燈化做燈籠魚，靜靜不動，彷彿在等待獵物。捷運是個巨大的排水孔，強大吸力把所有人往那兒拽。與人群反方向，雲升走過年輕人的百貨公司、年輕人的百元商店、年輕人的餐廳，他覺得中山站什麼都好，唯一不好的地方是不適合年紀大的人待。

過馬路，他走進警察局詢問是否有人撿到一只戒指。

十幾分鐘後，雲升走出來，儘管是預料中的事，但親耳確認後心情還是受到影響。他拿出手機，不知道該不該打給早上那位叫做奕之的上班族。正準備要過馬路回去搭捷運時，紅燈剛好亮起。

算了，路上太吵講不清楚，捷運裡也沒多安靜。雲升遲疑一會兒，舉手攔下從南京東路開過來的一台計程車。

◎

「到三元街，南門市場那附近。」

「前面調頭回來，還是走中山北路可以嗎？」

「嗯嗯，麻煩了。」

雲升繫上後座安全帶，他很少搭計程車，不過這新規定他是知道的。回頭找安全帶時他看到後方擺了幾塊手工香皂，難怪一上車就有股特別的氣味。

他從照後鏡望了一下司機的臉，看不出來這樣的男人會如此纖細。

把車子調回頭，明中又繞回他才剛離開不久的中正區，開計程車偶爾就是會這樣。一天下來像鬼打牆一樣，怎麼繞都是那幾個地方。不過也挺有趣的，同樣的一片街景，早上看是個模樣，上班族拎著早點熙來攘往；十點多是一個模樣，路上冷清清的；中午又是另一個模樣，上班族穿著套裝，脖子上掛著識別證出來覓食。雖然是一群大人，但明中還是覺得他們臉上掛著自己念國中時，午休時間可以離開教室透氣的喜悅表情。

他離開團體生活很久了，大多數時間他都是躲在旁人不注意的地方參與。

剛上車的乘客是一位有點年紀的先生，看起來約莫六十歲，一般人可能會覺得大概只有五十歲吧，但因爲明中看的人多了，加上自己年紀也漸長，對一些外貌的細節便特別能掌握。這位先生不說話，低頭按著手機，明中也不跟他攀談，心想這年頭科技眞進步，連老先生也會玩手機，他自己的手機，有時大半天沒電了都還不知道。

乘客要講電話了，明中放在排檔上的手動了一下，卻又移回來。平常的他會把電台關小聲一點，但此時正是Rossy的節目，他不想錯過。

「司機先生、司機先生，可以麻煩你把電台開大聲一點嗎?!」

話一出口，雲升就意識到自己這樣大喊很失禮，但他得先專心聽完電台中傳出來的每一個字，道歉什麼的只好留晚點再說了——

現在，我手上拿著一只鑽石戒指。

我對珠寶比較不在行，無法一眼就說出它是幾克拉……不過看起來顯然不小。它的包裝是粉紅色的紙袋、粉紅色的盒子，裡面沒有卡片。這是在捷運上撿到的，之後意外地輾轉來到我手中。

不知道它的主人為什麼要讓它流落在外，可能是不小心，也可能是故意的，但我相信，這麼美麗的戒指，裡面必然蘊含了一份很珍貴很珍貴的心意，就算當事人一時衝動扔了它，現在必然也很著急著想找回來吧。因此，請任何知道與這只戒指相關訊息的人，歡迎打電話到我們電台來。

人聲與背景音樂強弱交替，最終，主持人溫柔的嗓音消失在吉他聲中。

「你喜歡 Damien Rice？」

「啊？」

「〈The Blower's daughter〉，Rossy 一定是因爲歌詞很適合才挑這首歌，你聽。」

I can't take my eyes off you.

雲升花了半秒才搞懂司機的意思，他搖搖手說：

「不不，我聽不懂這種年輕人的音樂。剛剛不好意思，我聽到很重要的訊息，所以急了點，您別介意。倒是，您這是哪一個電台……您知道她的電話……」

「你跟那只戒指有關係?!」

失禮大喊的換人了。

「那戒指是我交給主持人的。」

明中告訴乘客，外甥子隆是如何在捷運上撿到那枚戒指，他掛在車上當裝飾一陣子，後來才轉交給主持人，在節目裡廣播失物招領。

「中年大叔？那應該是後來撿到戒指的乘客……那他幹嘛又留在車上……」乘客自言自語。

「你說什麼？」

「噢，沒有。我認識這戒指的主人，我是捷運站的保全，在月台上維護秩序的那種。」

「是怕有人……跳下去的那種？」

「對，不過這種事很少發生，大部分都是維持上下車秩序。」

明中原本想問捷運人員不是有優待票，可以免費搭捷運嗎，那他幹嘛還搭計程車。不過想想不要讓話題再發散了，他便不說話等乘客繼續說。

「今早有一位上班族，玩手機玩太認真，不小心忘了求婚戒指，下車後，他趕忙衝回來要拿，但我一時不知道他是掉了那麼貴重的東西……基於職責把他攔在月台上，唉，所以我覺得這事情我也有點責任，一定要幫他找到才行。你知道電台的電話嗎？」

明中有點後悔當初沒跟 Rossy 留電話，電台的電話他是記得，不過……

「距離不遠，我們直接過去電台一趟吧。」

他關掉計費跳表器，想到能再看到 Rossy，他好久沒有這種開心的感覺了。

到電台樓下的黃線臨停，雲升正準備解開安全帶時，先聽到前座「咔」的一聲。

「我去拿好了，我對這邊比較熟，也見過主持人。」

「那你車上的錢要不要收一下，還是我站在外面等你。」

「沒關係，麻煩你在車子裡，幫我看一下車好了。」

「你不怕我偷你的錢？」

司機笑了一下：

「你這麼熱心在幫陌生人找戒指，這種小錢你不會偷的。」

大錢就會了嗎？

雲升心裡想了一下，這邏輯怪怪的。

「好，那你快上去吧。」

約莫十分鐘後，司機從大樓門口走出來，手上拿了一只粉紅色的紙袋。

上車後他把東西交給雲升，果然是奕之跟他形容的戒指紙袋。只是不知道爲什麼，雲升覺得好像在哪看過。

打開盒子，像上緊發條的音樂盒，滿滿的光線從盒子裡緩緩流出。

「還是打不通嗎？」

「嗯，不知道爲什麼。」

明中望著照後鏡裡客人焦急的表情，如果趕不及晚上的求婚，那就算還給主人也美中不足了。他剛剛可是跟 Rossy 拍胸脯保證，會把這件事處理好的。

如果是別人，會怎麼處理這件事呢？

明中的「別人」這個空間裡沒有太多人選，一會兒想到子隆今天早上在車上的聊天內容。當時他問子隆包包那麼大，裡面到底裝了什麼。子隆把包包打開，一樣樣把東西拿出來說：

「這是團康活動的道具，一隊派一個人來前面抽籤看需要什麼，其他隊員就趕快把自己有的，送到前面，這叫做……」

明中忍不住叫出來：

「支援前線！」

「什麼？」

「他不接電話沒關係，知道他需要戒指，我們直接把它送到求婚現場就好了！你知道在哪嗎？」

「沒有唉，不過那位先生有提到，他要在大學裡求婚，當年他們常留在圖書館念書，一直到圖書館關了，再慢慢散步到捷運站……」

雲升的話還沒說完，明中已經放下手剎車，往同樣在羅斯福路上的大學奔馳而去。

「你怎麼這麼確定就是台灣大學？」

「我外甥念那邊，聽我姊說過，他常抱怨從圖書館唸完書要搭捷運回家，都會看到一堆情侶夏天了還是黏在一起走路，都不怕熱的，他覺得很噁心。」

「銀樓不肯借我哎，他們要我抵押，我拿什麼抵押啊。」

「早跟你說不可能了，唉，我幫你準備好了啦。等等你人準時到就好了。」

掛上電話，思敬對櫃台小姐說：「包得眞漂亮，謝謝。」

「看到你拿戒指過來，還以爲是要跟我求婚呢。」

珠寶專櫃小姐嗲著嗓子回他，指了指包裝好的戒指：

「應該不是每一個男生，家裡都留著一只鑽戒吧？」

思敬笑了笑：

「我比較特別，每天晚上都放在枕頭旁，沒有它還睡不著。」

專櫃小姐笑出聲音來。直接說出來的眞相，往往別人不會相信。

思敬心想，能在這種危急時候派上用場，戒指如果有知應該也會開心吧。

o9

外商男——高思敬

◎二十九歲，最喜歡的書：《遇見百分百的女孩》

”

很多事情只要他一說，
大家就會點頭回答「啊，好像有這麼一回事……」
某種程度上，根本是竄改人的記憶。

“

從一開始，我就不想幫奕之這個忙了。
「拜託啦，這是我跟絲襪人生最重要的一刻，我希望它一切都能很完美。」
「有你在就不完美了。」

「我想來想去，沒有人比你更適合當婚禮的統籌了。」

「是啊，理由很簡單，因爲其他更適合的人，都不願意幫忙。」

「而且啊，這件事我跟絲襪一定會一直回味，等到七十歲，你來我們家作客聊起這件事時，你一定會想『那天眞有趣』。如果不幫我這個忙，沒有參與到我們人生中最重要的一刻，不僅僅是我，你也會後悔的。」

「聽著，我恭喜你終於下定決心要求婚了，我也很樂意當天在場見證一切，但是我眞的沒時間幫你辦那麼一個大活動；其次，誰說我們到七十歲還一定是朋友的？」

「拜託啦。」

「沒用的，你說服不了我的。」

從小學自然課、國中童軍露營，只要奕之每次想要做什麼特別的，他都會搞得很大，留下一大堆沒考慮到的部分，讓別人（就是我）幫他收拾爛攤子。越重要的事情，捅的婁子越大。

這次無論如何，我都不想再跟他同一組了。

只是……爲什麼我現在站在校門口，跟一群網路上找的臨時演員討論劇本？

爲什麼我又被他說服了？

我只搞清楚了一件事，這次出的包是：要求婚的人把求婚戒指弄丟了。

不可能有比這個更瞎的狀況了。

奕之的求婚計畫是：

在學校裡安排六組臨時演員。晚上，他跟絲襪在校園裡散步，每經過一組，該組臨時演員就要在他們面前談情說愛，交談的內容、情境，是他和絲襪曾經講過的對話。

好比在校門口，我們安排了兩位剛考完大學指考的準大學生（現在的高中生看起來眞的不太像高中生），扮演他們當年剛上大一，因爲抽學伴而約好的第一次見面。

「你連那時候講些什麼都記得？」

「記得啊，這麼重要的事情怎麼可能不記得？」

奕之用一副理所當然的表情看我，明明這表情應該是我擺才對吧。

在這方面他不僅記憶力過人，更因為他清楚大家相信他記性好，很多事情，反而只要他一說，大家就會點頭回答「啊，好像有這麼一回事……」，到底有沒有發生過，都不重要了。

某種程度上，根本是竄改人的記憶。

16：30

臨時演員們聚集得差不多了，我開始講解注意事項。

講解起來很麻煩，因為不能讓他們知道這是求婚，免得穿幫或給他們壓力。

「現在要各位把對白記熟，可能有點難，基本上意思對就好。

「等等七點鐘開始，你們各自就定位，看要先聊天或玩手機幹嘛的都可以，自己打發時間一下。等到一對上班族情侶走近你們，那男的手上會拿一柄『一風堂拉麵』的團扇，當男生開始搖扇子說話，話裡有個『熱』字時，可能是『天氣好熱』、『風都是熱的』這類的，總之，聽到熱這個字，就開始演出，知道了嗎？」

這些手拿著講稿的臨時演員們，有些臉上露出好奇的神情，但更多的是一臉「這在幹嘛」的疑惑。

17:00

安排好「學伴初次見面組」後，我的視線落在一個穿紀念T-shirt、牛仔褲的大學生身上。

「你是應徵『認識半年告白組』的男生嘛？」

「對。」

他看起來就像連跟女生講話都得戴氧氣筒了，能夠講出奕之當年說的那些噁心告白嗎？

這也要怪亦之，在網路上徵臨時演員，怕被絲襪發現，既不面試也不挑選，有人報名，性別年齡符合就答應了。

「那這組的女生是妳嗎？」

我轉頭對一位綁馬尾的女大學生講話，一眼就看得出來她很活潑，是那種走路時馬尾會跟著一上一下的類型。

「你好，我是負責『認識半年告白組』的女生！這活動好有趣噢，是什麼節目的外景嗎？嗯……等等，你好面熟，我有在哪裡看過你嗎？」

「沒有，妳認錯了。」

「啊——我想起來了，你是最近汽車廣告的那個男生！你是剛出道的藝人嗎？好酷噢！」

「沒有，妳認錯了。」

她沒有認錯，只是除了某個人，我不想被其他人認出來。

17：20

第三組是在總圖前的「畢業許下永保赤子之心組」，由一位延畢的大五生跟一位碩二生擔綱。碩二研究生爲了寫論文形如枯槁，加上他戴的蒼蠅眼鏡，讓人聯想到交配完、耗盡精力（都在論文中）而死亡的昆蟲；相對的，大五生容光煥發，不斷問我活動會到幾點，自己的部分演完可以先領錢走人嗎，她等等還有兩個約會。

明明後者的前途比較堪慮，但看起來卻完全相反。

17:40

第四組是「工作後回母校的懷舊組」，女臨演在十分鐘前傳 LINE 跟我說她忽然有事，已經請她朋友趕來了。

「我朋友比我正很多，還是模特兒噢。」

我嘖了一聲立刻關上手機，麻煩的事情已經夠多了，模特兒又怎樣。

18:00

第五組比較特別，是未來式「婚後五年組」。負責的臨時演員是一對情侶，是我原本最不擔心的一組，直到看見他倆手牽手走過來時，又是另一回事了。

男生穿著綠色 T-shirt，肚子凸起來，皮膚曬得黝黑，靠近時身上一股汗酸味，仔細一瞧，T-shirt 領口處還有白色一圈圈的汗漬。

女孩子白白淨淨，她的微笑讓你會覺得這笑容好像不是個表情，而是她嘴巴跟眼睛本來就長成那樣的自然笑容。

除了謎片的劇情設定，我實在是想不到有什麼機會可以讓這兩人湊在一起。

「哎，看夠了沒啊。快告訴我們要去哪裡啊。辦個活動目的是什麼也都不講清楚，不知道你們在幹嘛。」

「宗方，不要這麼兇。對不起噢，他講話比較大聲，沒有惡意的。」

18：20

「你從哪裡弄到這個戒指的？」

奕之接過我給他的戒指。

「這不重要，你要還我噢，我幫你想好了，你求完婚之後就說，你想讓絲襪自己挑，所以你先買了一個便宜的，這個之後會退回給銀樓……」

「……」

「幹嘛不說話，你覺得這理由很爛嗎，好啦，是有一點，不過……」

「這是那次，被退回來的戒指？」

看吧，他記性真的很好，我點點頭。

「嗯。」

「那這樣不是觸我眉頭！」

我一把戒指搶回來。

「還我！囉哩囉嗦！幫你生一個戒指出來還嫌！」

「對不起對不起，當我沒說。」

「那到時候就麻煩你跟淑郁了。」

淑郁是絲襪的好朋友，也是絲襪說過結婚時要找的伴娘，因此第六組人馬「婚禮都準備好了只差新郎跟新娘」將是我跟她一起拿著戒指，穿著禮服出現在他們面前。

在學校裡穿禮服，真是丟臉到了極點，希望不要有路人拍照上傳臉書。

18:40

「哎，我手機沒電了，今天一直在聯絡戒指的事情，等等你一支手機可以借我插 sim 卡嗎？反正你跟演員們聯絡是用另一支手機吧。」

亦之甩一甩手機，再試著重新開機。

面對即將來到的求婚，他一點都不緊張嗎？

「我嗎？我超緊張的啊。老實講，今天早上把戒指弄掉時，我還鬆了一口氣，想說這樣就不用求婚了，眞好。不結婚也很好，再拖一陣子吧。」

他低下頭，校門口的柏油路混雜了玻璃碎屑，一閃一閃的，我抬頭看，天空被隔在汙濁的台北空氣之上，整座城市好像顚倒了，頭上頂著地板，腳下踩的是星空。

「說實在的，我一直都很怕結婚，就算這次決定要求婚，也有一部分是因爲覺得有份責任在，應該要這麼做，所以才決定的。我並不是眞正發自內心想要結婚。」

我左右張望，確定絲襪沒忽然出現在我們身邊。奕之像是打開的水龍頭，不斷說下去：

「只是今天一整天下來，我又想了很多，我發現我其實不是怕結婚，而是害怕改變，結婚其實跟分手在某種程度上是很像的，都是改變。我不知道改變之後會發生什麼，會不會出現我無法控制的局面。因爲我很愛絲襪，所以我想一直跟她生活下去，但我不知道結婚這件事情，會不會反而影響了我跟她之間的關係。」

亦之吐了一口氣，我把請人買好的飲料遞給他。

「所以你現在不害怕改變了？」

「怕啊，可是知道自己在怕的究竟是什麼之後，就算再怕，也會變得比較敢去面對了。」

「眞難得聽你講這些大道理。」

「基本的。」

「祝你等等求婚順利。」

「希望你的戒指不要給我帶塞。」

「去你的。」

我們用兩杯半糖少冰的珍珠奶茶乾杯。

10

求婚

思敬@19:00

我跟第四組的男生躲在校門口對面的肯德基樓上，用手機定位追蹤奕之的位置。第四組的男生是一位從學校畢業才一年的業務，一整天工作下來依然給人很清爽乾淨的感覺，跟我打招呼完後，就捧著小說在一旁津津有味地讀著，看來故事應該正進入高潮。

而我們這邊的求婚作戰才剛翻開第一頁。算算，絲襪應該來了吧。

按照劇本，奕之將坐在路邊的椅子上裝作找東西，等絲襪過來坐下，他掏出扇子搧風，第一組便開始表演。

希望一切順利，不，就算不順利，奕之應該也有辦法處理。

我撥電話給第四組的女演員，她朋友到現在還沒來，這樣下去會開天窗。

電話沒通。

以前手機只有通話功能時，電話都不容易漏接。但現在手機功能越來越多，電話卻也越來越容易進入語音信箱。算了，不如先把台詞印出來準備個小抄，眞的不行就臨時抓個路人來演吧。

思敬@19:30

我收到奕之的LINE訊息：

「戒指找到了，我給對方你的電話，他們會聯絡你。」

像說好般，手機螢幕上立刻顯示出一通沒見過的號碼。

「喂你好，我姓曾，今天早上黃先生掉了戒指，他拜託我幫他找一下，我是捷運保全……哎，這個，說來話長，總之現在戒指在我們手上了，你跟黃先生是在台大嗎？我們正在趕過去的路上。」

「哎對，眞是太謝謝了。」

我腦袋裡浮現出一百個疑問。

這人是誰？爲什麼奕之要拜託他？他怎麼找到戒指的？他還要多久才會到？

但我最後問了一個最不相干的問題：

「你說的『我們』是誰啊？還有人一起幫忙找嗎？」

「啊，是現在要載我過去的一位司機李大哥。」

電話那頭傳來幾句模糊不清的交談：

「還有一位電台主持人Rossy。不過她沒辦法趕過去，你可以轉開電台聽她的節目，是FM9……」

捷運保全、計程車司機、電台主持人——比布萊梅樂隊還神奇的組合，怎麼會幫忙奕之找戒指呢？

問一個問題，卻產生了更多的問題。

曾先生跟李大哥上來找我們，他們滿臉興奮地把奕之的戒指交給我，曾先生告訴我找戒指的過程，李大哥則在一旁補充。

聽起來都可以拍電影了。

只是還有一些地方我無法理解，在捷運上撿到戒指的那兩個人，為什麼沒據為己有，或拿去警察局，就這樣丟在原地呢？

絲襪的好姊妹淑郁到了，她提出自己的看法：

「我猜啊，應該是怕惹事上身吧，那麼貴重的東西，如果是贓物怎麼辦？」

「被妳講得很像是放在地上的紅包。」

我傳訊息給奕之，叫他先不要去第四組的現場，直接繞去第五組。

這時原本第四組的臨時女演員總算回電了。

「高先生嗎，我朋友到了哎，可是她說她沒看到你們啊，而且你電話也打不通。她在校門口，穿著白色上衣，薄荷色的長裙，她很正，你一定一眼就可以知道是她了。」

我把自己的戒指盒子拿出來，放到口袋裡，手上提著奕之的戒指紙袋，邀請李大哥跟曾先生一起去參加這場瘋狂的求婚計畫。

通過校門口的馬路，我們自動分成三排，李大哥跟曾先生走一起，淑郁跟小說男落在最後方，我一個人走在最前頭。淑郁似乎很喜歡小說男，一直跟他講話，是啊是啊，今天有一對情侶要準備訂婚，然後似乎又要產生一對情侶。如果你假設婚姻是愛情的墳墓，這就是一進一出了，難道情侶數目也跟能量一樣有守恆定律嗎？

許久未交女朋友的我，體內累積多年的賀爾蒙轉化成一陣陣不滿往頭上衝。

但這時，眼前出現不可思議的景象，我揉了揉自己的眼睛，左手下意識放到口袋裡握住我的戒指。

當初退還它的人，出現在眼前了。

坦白講，在第二個場景時，我覺得絲襪就知道我在幹嘛了。

第一個場景她可能忘記了，但第二個點，我不應該搬出那句經典台詞的——

「感覺一切好像都靜止了。」

聽到這句話，她眼眶就泛紅了。

那是我在說完「我喜歡妳」之後，經過漫長的沉默（其實不過一分鐘，但那時我覺得大概有七百年吧），我唯一擠得出來的一句話。但也的確，告白的瞬間，我覺得眼前一切事物都是靜止不動的，全宇宙，只聽得見我發出這四個字的聲音。

這樣的感受那之後就再也沒有過，我有點期待，等等說「妳願意嫁給我嗎」時，或許時間會再度靜止一次吧。

而且不得不說，這個大學生演技也太好了吧，他完全能捕捉我當年告白時，那種緊張、顫抖的反應。

我有把這些微妙的肢體動作寫在劇本裡嗎？

當那位演絲襪的馬尾女孩笑著逗他「我也喜歡你……那……然後呢？」時，他那快要虛脫的樣子，讓我都懷疑起他是不是真的在告白啊。

二十幾分鐘前，早上那位捷運保全打電話給我，跟我說他們找回戒指了。

「真的嗎！太棒了！不過我現在正在跟女朋友約會，沒辦法幫忙處理，你可以聯絡我朋友嗎？」

剛剛思敬告訴我戒指拿到了，但叫我先繞去第五個點，第四個點的演員還沒來，搞什麼，希望能順利，不，就算不順利，思敬也能幫我處理好。

奕之@20：10

第五個點的那男生，遠遠看到我，第一個反應竟然是轉身就跑，他到底在想什麼？

他不知道我是付他一小時五百元臨時演員薪水的老闆嗎？

還好他旁邊那位女生喊住他，女孩看起來很溫柔，男的卻很粗魯，這種組合演情侶真沒說服力。

我掏出扇子揮了幾下，抱怨走一走全身都熱了。

卡麥拉。

溫柔女勾住粗魯男的手問：

「你覺得結婚之後，跟以前有什麼不一樣嗎？」

「妳以前洗好澡會把浴室的頭髮清乾淨，現在都不會了。」

粗魯男也敢要求這麼多?!人家肯嫁給你就……噢，抱歉，忘了是我寫的。

「你很煩哎，我不是問這個啦。」

「哈，我開玩笑的啦……」

糟糕，忘詞了。

粗魯男皺著眉頭，這一點也不像開玩笑的反應，比較像便祕，或想鑰匙掉在哪的表情。

「那個，當然會不一樣啊……現在……現在……」

他吞了口很大口的口水，連在我這個幾步遠的位置外都可以看到他的喉結動了一下。

「妳會後悔嫁給我嗎？」

「啊？」「啊？」

我跟溫柔女同時喊了出來，絲襪看了我一眼，我趕快閉嘴，溫柔女則是滿臉疑惑。

「妳回答我，嫁給我的話，妳會後悔嗎？」

中文缺乏時態變化就是有這個問題。劇本是已經結婚後的問句，但粗魯男一緊張之下，同樣的問句，補幾個字，再前後顛倒一下，意思就截然不同，變成像是在考慮結婚的情侶。

溫柔女沉吟了好一會兒都沒說話，她一定很困擾該怎麼把這齣戲演下去。

「決定一件事，很難保證完全不會後悔的。」

溫柔女頭低低地說，音量小到我希望有個遙控器在手上：

「但是我相信，跟你在一起的快樂多於不快樂。只要你能答應我一直這樣下去，我就可以告訴你，一輩子，不——好幾輩子我都不會後悔。」

這台詞好像比我寫得好，溫柔女的臨場反應眞好。

這時，粗魯男一把抱住溫柔女。

職場性騷擾！不對，打工性騷擾！

身爲老闆的我要制止粗魯男！

但我顯然打不過他！

等等，爲什麼溫柔女也抱住他了？

難道，他們眞的是情侶？

這種組合除了謎片的特殊設定，我實在想不到別的可能性。但如果粗魯男是眞的趁著我的場子，順便求婚，我等等一定要扣他們薪水。

「我傳個簡訊跟 Rossy 說一下現在的狀況。」

明中低頭，不熟練地打著手機簡訊。

視線越過高先生的肩膀，我看到一位很漂亮的女孩子，應該就是那位遲到的女演員吧。

竟然找了真的模特兒來，大手筆。

但這時，高先生忽然停下腳步，模特兒也露出驚訝的表情。

「妳……怎麼會在這？」

他們是認識的嗎？女孩子勉強把震驚的表情收起來，換了一副客套的微笑。

「好久不見，汽車廣告拍得很不錯。」

我看著高先生的背影，他扭了扭頸子，好像渾身不對勁，接著手揣在口袋裡面，他慢慢、慢慢吐出一個個字

「我……是爲了妳才去拍的。我想，如果我能先接到幾件案子，認識了一些人，以後就可以幫妳介紹。」

女孩子瞬間換了一個表情，一行眼淚滑過臉頰，跟柏油路上的碎玻璃一樣，在路燈底下發亮。

◎

奕之@20：20

有沒有搞錯啊，第四組「工作後回母校的懷舊組」的女方竟然在看小抄？

這根本是隨便抓來的路人！

然後，一開始男生還在看小說，等到我走過去說了好熱時才把小說收起來，情侶會這樣約會的嗎?!

我太相信思敬了，以爲他會幫我把一切都處理好。

絲襪反倒沒有像看前一組脫軌演出那麼驚訝，她笑笑地看完這段故事，還故意一臉興奮地問我，「他們相處的感覺，跟我們當初好像噢。」

我原本以爲個性大辣辣的絲襪什麼都不記得，現在看來，我太小看女生的記性了。

好在等一下就是最後一關，有被我脅迫穿正式服裝上陣的思敬跟淑郁幫忙分擔壓力，我只要專注在講出那幾個讓時間會停止的字就好。

這麼想的我，當看到穿著禮服的是思敬跟艾美時，簡直完全無法相信自己的眼睛。

眞有這麼巧，上網徵求臨時演員會徵到前女友？

當艾美跟思敬分手後，我也跟艾美斷了聯繫。

有一次我們在路上巧遇，她搖搖頭沒多聊些什麼。半年前，我在臉書上留訊息告訴她思敬回國了，依然很在意她，奈何當初被退戒指，讓他受的傷太深，不願意主動聯絡艾美。

聽完，艾美苦笑說：

「那麼，曾經狠狠傷過對方，說留下來是爲了夢想，但最終卻一直無法實現夢想的我，又有什麼資格聯絡他呢？」

不聯絡，有可能不是沒有收訊的那種無法聯絡，而是內心築起了一道阻擋情感的鐵牆。

緣分這件事情眞的很奇妙，我相信，都是對彼此的思念，促成了他們重逢的巧合。

說得誇張點，搞不好我興起對絲襪求婚的念頭，也只是爲了讓他們相遇的其中一個機關。

當然這樣的想法不能讓絲襪知道。

看著他們兩個手牽手向我們走過來，我好感動。

同樣驚訝萬分的絲襪，正準備說些什麼時，思敬伸手阻止了她。然後，照本宣科地唸出了我擬好的台詞：

「絲襪、奕之，我們是從大學就一起認識的好朋友，跟你們在一起，我有時候甚至會覺得，就好像是跟家人相處一樣。」

他頓了一頓，臉上閃過一絲怨恨。他曾經也有過這樣的表情，那是大學時我們在玩大冒險，他被迫去7-11問店員「來一份燒餅油條或是你的手機號碼，或是我請你吃一份燒餅油條，你給我你的手機號碼」。

思敬被迫背出我的台詞——

「然而我很羨慕你們，你們是那麼幸福的一對情侶。建立起一個美滿幸福的家庭。拜託，請讓我分享一下你們的幸福，做你們小孩的乾爹。」

絲襪忍不住笑了出來，我對於自己的台詞相當滿意。

思敬@20:20

我照本宣科了兩句話，奕之露出惡作劇得逞的表情。他看起來很開心，除了要求婚外，我知道他是在爲我又跟艾美見面而開心。

但接下來，我得讓他失望了。我聽得出自己的音調忽然變得不一樣：

「抱歉，在進行預定計劃之前，我得先做另一件事。」

儘管走過來時已經想好該怎麼講，但我的聲音還是不由自主地顫抖，奕之看了我一下，又注意到我左邊的口袋裡有兩個股起來的形狀。

聰明如他，立刻露出「你敢，今天我是主角吱」的表情，我用眼神回應他「抱歉，兄弟，讓我先一下」。

我不理會奕之，轉頭對艾美說：

「四年前，妳最後一刻反悔了。那時候我在飛機上很難過，很氣妳為什麼要這樣。半年前我剛回台灣，參加了一場朋友的教堂西式婚禮。當牧師問新郎是否願意與新娘共度下半輩子，不論生老病死，新郎說出『我願意』時。我忽然有個想法：在婚禮這種喜悅、美好的場合下，誰都能輕易說出『我願意』，那是台詞，是事前準備好的三個字。牧師沒講清楚，為了遵守這句誓言，你得陪他揹四十年房貸，一個月才能出去吃一頓飯；老了他生病你得幫他換成人尿布，去哪兒都推著他，同學會時發現永遠只有自己往前多走了好幾歲。

「這都是在光鮮的婚禮上，沒辦法想像的事情。

「真正的『我願意』，應該是要在對方陷入人生低潮、一籌莫展時，還是告訴她，我願意娶妳，願意照顧妳一輩子，休戚與共。這樣才是眞正的『我願意』。」

我停頓了幾秒，感覺時間的流速在減緩，從口袋裡掏出屬於我的戒指，我單膝著地：

「就像此刻，我對妳說的一樣。我愛妳，四年前我說過一次，現在還是一樣，我願意照顧妳一輩子。」

從小到大，只要跟奕之一組，都是忙著幫他擦屁股，處理他捅出來的各種婁子。這只戒指也是因爲他搞丟而讓我帶在身上的。

沒想到，這次他給我的不是一筆爛攤子，而是一輩子僅有的一次求婚機會。

明中@20:30

「各位聽眾大家好，我是Rossy，現在人在台灣大學的校門口，這邊今天晚上發生了一件比故事還有趣的眞實事件。」

爲了怕太吵雜，Rossy 跟我站在距離人群較遠的地方，她用手機 call-in 回電台，扮演起 LIVE 記者，將整起戒指的故事傳遞給更多人。

「一只早上在捷運上遺失的戒指，經過了好幾個人的接力，繞了一圈失而復得，回到主人的手中。」

子隆旁邊綁馬尾的女孩子不斷在跟他聊天，他手一直抓著頭髮，臉上不時露出尷尬的傻笑。恰好，子隆往我這邊看過來，表情瞬間回復自然，他開玩笑地舉起了小拇指搖了兩下。

我微笑搖搖頭。

他原來也報名了這次求婚活動的臨時演員。

更誇張的是，他走過來跟我聊天時，他小聲地告訴我：

「舅舅啊，那個很漂亮的女生啊，就是其中一對新人。我覺得她應該是今天我在捷運上看到的那個女生哎，就是我說拿戒指的那個。」

「眞的？」

「很像啦，但我不是很確定，可是像她這麼漂亮的女生，看過一次就很有印象啊。」

「誰很漂亮，我也要聽。」

馬尾妹鑽到我們兩個之中，彷彿跟我們認識很久了一樣。子隆繼續說：

「而且啊……那個一臉殺氣的綠衣服，就女朋友看起來很溫柔的那個，我總覺得，他好像是一開始拿戒指的哎……」

我把視線移過去，那對情侶站在人們圍成一圈的外圍，剛好是我們對面，離得遠遠的，像在監控什麼一樣。

這麼不搭的組合，除了在謎片的特殊設定下，我實在想不到別的可能性。

我不大信子隆的話，但很多事情，或許眞的就這麼巧吧。

像我也沒想過，竟然我會載到 Rossy，還有機會可以跟她一起見證這麼一場有趣的故事。

我轉頭望了望 Rossy，她正在跟錄音室裡的主持人連線，繼續報導著。我裝作要講電話，打開了手機裡的ＦＭ電台。Rossy 的聲音跟平常一樣，但此刻聽起來，比起以往，又多了幾分親切感。

「今天曾持有過戒指的人們，此刻齊聚在一堂，見證兩對新人的誕生。他們有的是陌生人，有舅甥、有前任情侶、有一見鍾情的對象、有司機與乘客，也有主持人與聽眾……」

說這話時，Rossy往我這邊看了一眼，笑了一下。

她知道我在聽她主持節目嗎？手機裡傳來她的聲音——

「許多平凡的組合穿插在一起，成就了一場不平凡的際遇。」

絲襪@22：30

「啊——精心規劃的求婚大作戰，竟然有兩對插花情侶，把我們的鋒頭都搶光了！」

奕之像張毯子般，整個人呈大字形癱在沙發上。剛洗好澡的絲襪臉上帶著微笑，頭上包著毛巾，手上帶著那只自己奔波了一天的戒指。

「又沒關係，我很開心、很感動啊，這樣還不夠嗎？」

「夠是夠啦……」

奕之把歪著的頭扭向絲襪，雖然求婚不是比賽，可是思敬跟艾美那時獲得的熱烈掌聲，讓他無法釋懷。

絲襪摸摸他的頭，用帶了戒指的左手握住他的手說：

「你知道求婚戒指的由來是什麼嗎？」

奕之看了她一眼，他很清楚絲襪這樣問並不是要他回答，只是習慣的開場白而已。他們的默契早已經過了時間的培訓，也通過了時間的考驗。

「傳說戒指起源於古代貴族隨身帶的印章，久而久之，貴族們嫌麻煩，便把印章套在手上。之後他們發現這樣很好看，慢慢地，戒指就從實用品變成了裝飾品。

「在這前提下，求婚戒指嘛，某種程度上就像邀請同居時的鑰匙一樣，是暗示對方，有了這只戒指，就等於擁有了一切自己原本所擁有的事物。希望透過這樣的分享，能讓我們兩個眞正成爲一家人，永遠在一起。」

「我的薪水早就直接轉到妳的基金帳戶裡了啊。」

奕之開玩笑回答，絲襪不理會他繼續說：

「所以啊，這只求婚戒指對我來說，不能只是一時衝動，你……」

絲襪遲疑了一下，但她還是忍不住問了，拿到戒指的瞬間她眞的很開心，但浪漫過後，她需要一些更確定的承諾，才能確信對方的決心。

「我沒想好，其實。」

「啊？」

奕之翻起身來，從毯子變回人類，他反握住絲襪的手說：

「如果要認眞去思考到底要不要跟妳結婚，一輩子我都沒辦法給妳一個答案。不管是單身或是結婚，都各有各的好，求婚前我跟思敬聊過，我告訴過他，一直到那時，我都還在害怕結婚。

「但是，看到不管是那個粗魯男，或是思敬在求婚時，我又多體會到一件事情，那就是我太幸福了。因爲我想見到妳就能見面，我相信我有能力能照顧妳，我相信妳愛我。只要我想，我們就能一輩子在一起。」

「誰讓你這麼有自信的啊。」

絲襪把手抽回來，奕之笑了笑，一手摟住絲襪的肩膀。

「因爲幸福一直在身邊，所以我才有餘力去思考其他事情的好，才會把本來就不能相提並論的事情放在同個天平上比較。《傾城之戀》裡的范柳原跟白流蘇不就是這樣嗎，兩個始終確認彼此眞心的人，直到遇上了戰亂，才察覺對方對自己的重要性。」

奕之另一隻手握住戒指，轉了轉，相當合絲襪的手，當初在銀樓時他是憑牽手的感覺選的，果然沒錯。

「掉了一天的戒指與好不容易才重逢的情侶。讓我至少在求婚前一刻想清楚了。」

奕之看著絲襪的眼睛說：「如果只能擁有一樣物品一輩子，那我想要的就是妳。」

「哪有人一天求兩次婚的啦，你又沒準備兩只戒指。」

絲襪笑著，淚水在眼眶打轉。兩小時前求婚時，她也沒有像現在這麼感動。鎖不住的淚水落在戒指上，鎖住了環繞在兩人周圍的光芒。

初次見到她是兩週前，
我第一天正式在捷運
遊蕩的生活。
列車進站……
車門往兩旁緩緩推開，
吐出一大群乘客。

CH 2

捷運上的孔雀

靠在門邊的她
打扮得很漂亮，
微笑著往外面看。
當車門關上的那一瞬間——
她的臉，
成了一朵枯萎的花，
迅速凋零。
八點三十三分，
最後一節車廂。我記下時間地點。

來往的乘客都忍不住看了她幾眼。

站在車門邊的她面朝外，穿著一件粉米色的雙排毛呢大衣，抓扶桿的手上掛了一只咖啡色的醫生包，腳下踩著雙以標籤沒撕掉聞名的 Hunter 黑色雨靴。

比起打扮，她眞正受到眾人注目的原因是；她是整節車廂、整個月台，搞不好整個台北火車站唯一在上班通勤時，臉上還掛著笑容的人。

她的笑容很甜美，但凝神一看，裡面摻雜了一絲緊張。

我上車，與她擦身而過，空氣裡傳來她的香水味，以及她隱約的心跳聲。

我在心裡對她說：

「早安，今天還是一樣亮眼啊。」

初次見到她是兩週前，我第一天正式在捷運遊蕩的生活。當時，我漫無目的地從第一節車廂走到最後一節，想著直到昨天，我也是他們的一分子，如今卻像造訪異國的觀光客，邊走邊觀察著每一位乘客。列車進站，車門像放下聳起的肩膀，嗤地一聲往兩旁緩緩推開，吐出一大群乘客。

靠在門邊的她打扮得很漂亮，約莫二十五、六歲的年紀，微笑著往外面看。通常擋路的乘客會飽受其他人的冷眼及肩膀攻擊，但她笑得太燦爛，周圍的空氣彷彿與車廂裡其他地方不一樣，上下車的乘客寧願擠在一起，也小心翼翼地不碰著她。

看她望外的表情，我以爲她是跟誰約好了在這碰面，可直到車門關上，她都沒跟誰打招呼。

更奇怪的是，當車門關上的那一瞬間，她倒映在車門玻璃上的臉，成了一朵枯萎的花，迅速凋零了。

八點三十三分，最後一節車廂。

我記下了這個時間地點。

從那之後，我每天早上都搭乘同一班板南線列車，站在最後一節車廂，於八點三十三分抵達台北火車站。

果然，每一次都遇見她。

她也總是一樣，比周圍ＯＬ多了幾分的精心打扮，開門時對外微笑，關上門後面無表情，彷彿是忘了後面還有乘客，對工作感到厭煩的電梯小姐。

她在忠孝復興站下車，我遲疑了半秒，也跟著她一起踏上月台，一路跟著到了Sogo百貨忠孝館的一樓出口。她邊走邊低頭看手機，遇到發傳單的人彎腰揮手拒絕，然後消失在同樣準備去上班的人潮中。

就像一位普通的ＯＬ，她不再那麼亮眼了。

如果說把全台北市的ＯＬ取平均，搞不好就是得到她這樣的感覺。

但為什麼我第一眼看到她時，會覺得她是如此的特別，如此的閃閃發亮呢？

昨天，我在她每日出現的時間來到了板南線月台，走到她會出現的最後一節車廂。

車門前有一陣小騷動，原來是站務員正在引導著一位盲人老爺爺搭車。板南線在顚峰時間，每個車門都有一位站務員協助疏通人潮。這群站務員很偉大，因爲捷運過於擁擠，很多時候乘客爲了跑快一點趕車，連耐性跟禮貌都會扔下，那些擠不上車、被攔下來上不了車的，索性對著站務員破口大罵。好在大部分站務員的修養都很好，他們像海綿一樣吸收了這些負能量，外表上看不出任何變化，依然冷靜地引導乘客。

最後一節車廂的站務員更是一位好好先生，他看起來年紀很輕，可能才大學畢業沒多久，這搞不好是他第一份工作，充滿了熱忱。不管是催促下車或上車的乘客，都不會讓人有不舒服的感覺，車門關上時他還會微微欠身致意。如果說這樣的服務精神只值二十二K，我眞的覺得這個國家生病了。

車子進站──女孩一如往常地站在相同那個位置，像河流裡的一粒金沙，閃閃發亮。

其他乘客下車時，站務員特別請他們留意，他牽著盲人老先生的手，就像牽自己的爺爺過馬路一樣，沒人下車後，他先轉頭跟上車的乘客致歉：

「不好意思噢，我們先讓老爺爺上車。」他攙扶著老爺爺上車。

「這位小姐，可以請妳讓個位置給爺爺站嗎，他只坐一站就要下車了。」

站務員對著女孩說，女孩像被電到似地讓到一旁，小小聲地回答：

「嗯……」

「下一站會有我們的同事接他，如果同事沒注意到，還要麻煩妳幫忙提醒一下噢。」

「噢……好……」

「老爺爺你放心噢，有一位很漂亮的小姐等等會幫你。」

站務員湊近老先生的耳旁說話，我瞥見另一雙聽得仔細的耳朵，從耳根子開始，紅了起來。

啊，原來是這麼一回事。

今天，我在早上八點二十分抵達板南線月台，站到月台另一邊，搭上往西門町的車。

下車後，向上一層是往台北火車站的月台，時間算得剛剛好，車子駛進月台時，我看見的是正在整理劉海、還是——平凡的她。

她沒注意到我，塞滿人的車廂裡，她依然能騰出點空間，拉了拉被擠皺的素面襯衫。然後，漸漸地，從她的背影中，我感受到她正在變化，像一隻孔雀，張開了鮮豔的羽毛，爲即將與心愛之人會面的那刻做準備。

我擠開人群，站到她身後，以最近距離欣賞孔雀開屏的刹那。

「下車旅客請趕快向前，上車旅客請耐心等候……現在旅客可以上車，麻煩加快腳步，車子馬上就要開了。」

車門打開，他也一如往常地站在那裡。

她看著賣力工作的他，希望他能注意到她一眼。

但他總是忙著揮舞指揮棒，根本沒注意到人群中站了一隻孔雀。一天只有在這短短幾秒內，從人類蛻變成的孔雀。

每一天早上，早餐都還沒吃，就得重複經歷這麼強烈的期望與失望，這樣的人生究竟是什麼滋味？

月台上傳來車門即將關閉的警示音，她賣力挺直腰桿，把握最後兩、三秒的機會，看不見的臉上，必然掛著她最美麗的笑容。

車門關閉的旋律響起，站務員轉身完全背對著車廂，今天又要落空了。

我伸手朝她的背推去。

車門關上，留下來不及收上羽毛的孔雀，以及被孔雀撲上身的站務員。

「小姐怎麼了，妳還好嗎？」

站務員伸手扶著她，她臉上一陣緋紅。我是捷運上的月老，撮合了一對佳偶。理論上此刻我應該要對自己的傑作很得意，但我完全搞不清楚到底發生什麼事了。

我一時忘記，我無法推她了。我盯著自己的手看，這雙手的確穿過她的身體了。但如果我沒辦法推她，她爲什麼又會掉出車外呢？站務員的視線越過孔雀，跟我眼神交會——

「謝謝你……」

孔雀的聲音被捷運關門的聲響蓋住，車子駛離月台。他們的身影逐漸遠去，他還扶著她，遠看就像一對情侶。

我皺起眉頭思考——難道，站務員看得見我？

她偷看著隔壁的上班族跟另一位青帆對話。

青帆。。。
那麼....今晚要怎麼約呢?
已讀 18:06
已讀 18:06

對方遲遲沒有回覆……
收訊不良的關係吧，別緊張啦。
青帆想這麼安慰他—

CH 3

Meet You in the Line

忽然，那男生轉頭過來望向青帆。

兩人視線交會了一秒，青帆趕緊撇開。

沒電了。

手腕上掛著進站前買的早餐，青帆盯著全黑的手機螢幕，心裡一陣鬱悶，比高中暗戀的隔壁班男生請病假還難過。

她坐在座位面對面排成兩列的車廂裡，左右張望。她曾想過，或許是因爲在深不見天的地底下穿梭，捷運才刻意從天空採下了淡藍色，做爲椅子的色調。但如果是這樣，那此刻左手邊的博愛座，爲什麼又要選擇這種彷彿鮟鱇魚會從椅背裡游出來的深海藍呢？

博愛座空著，許多乘客寧願站在前面，擋住彼此的去路，也不好意思在眾人面前坐下，彷彿那位子坐下了，就會有鮟鱇魚打著燈籠出現。

或是博愛座已經被鬼坐走了？青帆有這個想法，是因爲她前陣子加班回家，空蕩蕩的車廂裡，只有她和另一個女生。每當車廂噪音變小，青帆隱約聽見那女生的聲音，轉頭一看，女生彎腰靠近博愛座，還眞的像是在跟誰聊天似的……

當時以爲是鬧鬼了。現在想想，可能是精神壓力太大，自言自語吧。眞可憐，那麼可愛的女生，青帆任憑思緒遊走，隨便在腦海裡撿拾記憶。

平常通勤時間，她大多站著，難得前一站有人下車空出個位子，手機卻沒電了。天底下果然沒有兩全其美的事。

自己暗戀的對象沒來，只好偷看別人的對象。

在捷運上沒手機看，只好偷看別人的手機。

青帆注意到右手邊坐了一位跟自己看起來差不多年紀的上班族。他手上拿的是六吋大螢幕手機，剛好方便她偷窺。

正在用 LINE 跟別人聊天啊……

青帆自己也常用手機軟體跟朋友聊天。

說來也怪，明明都是朋友，但到後來卻像生物演化般，依聯絡方式分成「見面的朋友」、「臉書的朋友」以及「LINE 聊天的朋友」。

不一定「見面的朋友」就比「LINE 聊天的朋友」親密。

有那麼幾次，習慣用手機聊天的朋友見了面，卻不如在手機上聊得暢快；反過來，習慣見面的朋友，有什麼小事也寧願等到了見面才說。

從這種小地方就能看出習慣對人的影響有多巨大，青帆想著。

她把注意力移回旁邊上班族的手機螢幕。

他在跟誰聊天？聊什麼呢？男生也會用貼圖嗎？

懷著有如看推理小說的期待感，青帆的視線聚焦在那六吋的偏亮面板上，才看第一眼，她就愣住了——

蘇青帆。

上班族聊天的對象，跟她同名同姓。

很多人都有Google過自己姓名的經驗，好奇跟自己同名同姓的人是過著怎樣的生活。通常我們只能知道他大學考得怎樣，或高普考錄取，被貼在補習班的榜單上。

青帆從沒遇過跟她同名同姓的人。

只有大學時，大她幾歲的男友當兵派駐到馬祖，第一次寫信給她時在信裡提到——

馬祖有個村落叫青帆村，有個小港叫青帆港。偶爾休假，我會去那邊走一走，說來也奇怪，只是巧合的名字，卻能讓我的心情平靜下來……

青帆覺得，這是她收過最浪漫的情書了。

退伍的當天，青帆去車站接男朋友，兩人擁抱後，男友笑著說「再也不用去青帆港散步了」，她聽了還有那麼一點感傷。

幾個月後，青帆的大學畢業典禮上男友缺席了，不僅是青帆港，他選擇了連青帆也不想看到。

青帆低頭苦笑，搖了搖頭。

她果然需要手機，不然一靜下來，躲在一旁窺伺的不開心回憶，馬上會趁虛而入。

那幾個月，她的生活一片混亂，才剛上班，公司門禁卡就掉了好幾次，到後來只好一直掛在身上，像狗狗項圈一樣。有一次，她想到以前的事，還在捷運上不小心哭了，真丟臉。

她繼續偷看隔壁的上班族跟另一位青帆對話。

右邊的綠色對話框是上班族說的話，左邊白色的則是那位青帆說的話。

兩個人感覺很要好，訊息一個接一個，有時候還會跑出一串長訊息。

只看幾行，青帆就大概猜出他們倆還在約會認識彼此的階段，隔壁的男生正在努力，要讓那位青帆成爲少數幾位、能橫跨各種溝通管道的朋友，或是更精確地說——女朋友。他說：

「那麼……今天晚上要怎麼約呢？」

發送出去的訊息標註了時間，確認自己的話已經被傳遞出去。

接著，時間旁出現了「已讀」兩個字，確認對方已經接收到自己的話。

但這次，對方遲遲沒有回覆。旁邊的男生身子弓向前，像握著護身符一樣握著手機，手指有節奏地敲著玻璃螢幕，這樣的動作讓她想起一位好友，包包上總是掛著一只從京都求回來的護身符。

順著手指，戴著銀色大錶面手錶的手腕從白色襯衫中露出一截，青帆將視線移到那男的臉上。他一頭短髮，霧銀金屬框眼鏡，看起來跟自己差不多年紀，散發著一股混雜了學校與社會的氣息。

他也是剛出社會的新鮮人吧。

或許是因爲這樣的緣故，青帆下意識地站在他這邊，希望那位青帆可以答應他的邀約。

過了兩站，對方依然沒有回覆，男生敲螢幕的聲音越來越大，靠近青帆的那隻腳也開始一上一下，打起拍子。

「收訊不良的關係吧，別緊張啦。」青帆想這麼安慰他，但這就等於坦承在偷看對方的螢幕了。她只能幫忙盯著螢幕，用念力召喚另一位青帆的回覆。

忽然，那男生轉頭過來望向青帆，兩人視線交會了一秒，青帆趕快撇開。她隱約查覺到男生的視線又逗留了一會兒，才轉頭回到螢幕上。

他又輸入了一則訊息——

「七點半在101信義路的那個入口處，LOVE 裝置藝術的那邊好嗎？」

標記時間，標記已讀。

七點半在101信義路的那個入口處，LOVE 裝置藝術的那邊。青帆在心裡跟著默念了一次。

「七點半在101信義路的那個入口處，LOVE 裝置藝術那邊嗎？」

「嗯，七點半在101信義路的那個入口處，LOVE 裝置藝術那邊。」

「好啊，那就約七點半在101信義路的那個入口處，LOVE 裝置藝術那邊見囉。」

成功了。

那男的鬆了口氣，重新將背靠回座位上，青帆注意到螢幕上有一道小小的彩虹，那是水沾到螢幕後才會出現的，竟然緊張到流汗了。也難怪，看他重複打這麼多字，簡直就像唸咒語般一再確認位置，這下連她也記得一清二楚了。

從對方也覆誦約會地點這點看起來，那位青帆應該也對這男的有好感吧。一個是坐在她隔壁的乘客，一個是難得跟她同名同姓的人。想到兩個人說不定今天晚上就會開始交往，青帆心情好多了。

◎

中午吃完飯，剛好在１０１上班的青帆特地繞去那散步，天氣很好，天空看起來特別高，早上出門時有點涼，青帆圍起今年第一次的絲巾。晚上應該會更涼一點，這樣的溫度正好給曖昧的男女一個好理由，讓他們可以靠得更近吧。

不知道那個青帆長得什麼樣子。

那男的一看就是會提早十分鐘到的類型吧。

不知道他等的時候會不會玩手機打發時間。

如果那男的是她的朋友，她一定會建議他不要玩手機。

女生啊，可是遠遠地就會偷看等她的男生有沒有專心在等待，臉上有沒有擺出恰當的微笑。

乾脆來偷看一下好了。

這念頭鑽進青帆心裡，她甩了甩頭，覺得自己真可笑。但她心裡清楚——那個女生會來的。

傍晚，把還沒辦好的事情寫在便條紙，像貼符咒一樣啪地貼在螢幕上，青帆趕忙離開辦公室。

搭上電梯，同事們在電梯裡壓低音量閒聊，她反射性地附和著，每次在電梯裡，她都覺得大家像血球，順著電梯這條血管被輸送到不同的樓層，處理各自該處理的事情，然後，再被輸送出去。

走往101位於信義路的出口。七點二十分，那男的已經在那邊等了。他手上拿著一本小說，青帆有點意外，這年頭很少見到有人在看小說，捷運上也沒看到那男的有在看啊。

想了一下，青帆嘴角露出微笑，她猜那是他爲了在另一位青帆面前展現氣質的小伎倆吧。那是本很厚的翻譯小說，不知道他挑了哪一種類型，想必也是費了一番苦心。

這位大男孩把背靠在LOVE的E上面，就著街燈開始看起小說，裡面竟然還有書籤，夾在很後面的地方。

儘管已經認定是刻意的行爲，但青帆不但不覺得做作，反而感受得到男生的用心。

她坐在一旁的花圃矮牆上，準備好收看偶像劇LIVE。

時間一分一秒過去，男生很專心閱讀，始終沒抬起頭。

青帆起先有點擔心會被發現，但後來想想不可能，哪有人會記得捷運上隔壁坐的人是誰。

七點半，時間到了。

這時，男生闔上書，低頭把它塞進深褐色的皮革公事包裡。他低頭低得有點久，好像在包包裡找些什麼似的，他緩緩閉上眼睛，吐了口氣，等到抬起頭時，青帆立刻知道他方才在找什麼了。

他找到一張很棒的笑容。

那是等到心愛的人的笑容。

青帆左右張望，看看哪裡也有著一樣神情的人。

男生朝花圃這邊走過來，他的笑容越來越清楚，青帆注意到，裡面還藏了一絲緊張。

他認出我了？

青帆搞不清楚現在是怎麼回事，她隱約感受到，事情往她出乎意料的方向發展了。

「妳好，妳終於來了。」

「啊？」

「我跟一位叫青帆的女孩子約好了，七點半在101信義路的那個入口處，LOVE裝置藝術那邊。」

男生指了指青帆一直掛在身上的公司名牌。

這人難道沒見過那位他今晚要約的青帆？她趕忙解釋：

「啊，不是，你認錯了，我、我不是你網友。」

男生一臉疑惑，用懷疑的口吻說著：

「那……怎麼會這麼巧，剛好同名同姓的人出現在這裡呢？噢……好吧，我知道了，我不是妳喜歡的那型……好吧，對不起。我認錯人了。」

他的表情從疑惑轉變成沮喪，再到恍然大悟，最後停在臉上的是一絲苦笑。

「不是不是，你真的誤會了，我不是看了你才這樣說的，我真的不是跟你約的那個人。」

「但，妳不肯承認妳就是……怎麼可能我約了一位青帆，然後剛好出現另一位青帆，這機率也太小了？」

「這是因爲……」

青帆遲疑著要不要把這一切交代清楚。

因爲手機沒電，偷看你跟別人聊天，看到你跟同名同姓的人約好了要在這裡見面，覺得很有趣就來了——

這樣的理由實在是說不出口啊。

「因爲看到我用 LINE 跟青帆約好了在這裡見面，妳覺得很有趣就來了。」

心裡想的話，被男生一字不差地說出來。

「啊？你怎麼知道?!」

「因爲從一開始我想約的青帆，就是妳。」

梓亞坐在捷運一整排的座位上，住在起站雖然距離市區很遠，但好處是就算在上下班的尖峰時段也有座位。他拿出剛買的新書。面試的當天他收到口頭錄取通知，離開公司的路上，滿懷著社會新鮮人才有的抱負與憧憬。

上班通勤時間還蠻長的，與其一直玩手機，不如趁這個時候充實自己吧。有了這個想法，他走進像商場的連鎖書店，但挑來挑去，原本比較懶散的個性還是戰勝了抱負，他放棄了時間管理、簡報設計等工具書，買了如今正躺在膝蓋上的小說——一本推理小說，不過主角不是偵探或警察，是一個有預言能力的稻草人，梓亞喜歡推理故事，跟著主角一步步抽絲剝繭，過程有點像解數學題目，但比起微積分考試，有趣程度是完全不同的。

梓亞讀了幾頁，感覺字有點小。他這才注意到自己坐得特別挺。在家裡用電腦，媽媽常常過來用力拍他的背，「年紀輕輕就駝背。」

原來穿了西裝就會不自覺地注意姿態。他聳聳肩膀放鬆上半身，回到習慣的駝背姿勢。翻開書本的瞬間，下雨了。

梓亞順著雨滴旁的高跟鞋往上看，一個女孩緊緊咬住下唇不哭出聲音來，淚水從臉頰滑落。在這之前，梓亞只有看過女生在捷運上化妝，沒有看過相反的事，在捷運上卸妝，或正確地講，把妝哭花。

我該讓座給她嗎？

梓亞腦海裡閃過一個念頭，讓坐都是讓給年長者或行動不方便、身體不舒服的人。但心理不舒服的人就不需要坐著休息嗎？

女孩掛著公司名牌，是一間在101大樓的外商，梓亞認識幾位朋友也在那邊工作，共通點是工作能力都很強，女生名牌上的照片也流露出精明能幹的氣質，跟此刻落淚的模樣完全對不起來。

「這是多久以前的事？」

青帆打斷梓亞的話，兩人面對面坐在１０１樓上的咖啡廳，距離他們第一次講話不到三十分鐘，但原來梓亞已經觀察她好一陣子了。

「半年前吧。」

剛失戀的時候，青帆心想。梓亞繼續說：

「我也失戀過，雖然每個人的狀況不一樣，但難過的心情應該都是差不多，多少都能感同身受的。」

「等等，誰說哭一定是失戀，有可能是高跟鞋不合腳，腳痛痛到哭了。」

梓亞指著青帆的鞋子：

「你到現在都穿同一雙高跟鞋。」

「我工作不順利，想到進辦公室又要被老闆罵，難過得哭了。」

「那妳在捷運上會拿出資料工作。」

「其實是我養的貓走失了，我很難過。」

梓亞像金魚一樣張開嘴巴，但遲疑了幾秒才說：

「妳當時的模樣剛好相反，比較像走失的那方。」

從那之後，只要青帆進車廂，梓亞就會立刻注意到。他開始知道她是哪一站上車，大概幾點幾分。配合她的作息，他們更常相遇。有幾次，青帆又在捷運上哭，雖然擠在人群中，卻從來沒人去關心青帆，梓亞起初覺得大家眞冷漠，後來想想，或許這也是現代人的體貼，儘管過著摩肩擦踵的生活，卻依然懂得在彼此的心靈之間保留一些距離。青帆就這樣被隔離開來，獨自站在另一個空間。當那個空間下雨時，周遭的淺藍色座位就像小水窪。

約莫過了一、兩個月，捷運裡不再下雨了，青帆的狀況看起來越來越好，偶爾會拿出手機來玩，臉上也偶爾露出放晴似的笑容。也是在這時候，梓亞確認了自己對青帆的感覺，他不只是想站在一旁當個氣象觀察員，他想走進去，走入青帆的視線，走入她的生活。

「我想了個方法，請朋友註冊一個帳號，用妳的名字當暱稱，再買了一支螢幕大到車廂另一頭的人都可以看見的手機。之後只要有機會，我就會先跟朋友說好，再走到妳附近，開始跟『青帆』聊天。」

原來如此，這不是青帆港、青帆村，從一開始就沒有另一個青帆。青帆這才明白，但她立刻發現整件事情還有個很不合理的地方。她回問他：

「但你怎麼確定今天我會看到，我很有可能沒看到，就不會到約好的地方了啊？」

梓亞把吸管包裝紙揉成一個小小的紙團，淡淡地說：

「只要跟 LINE 裡面的青帆約好了，我就會赴約。」

「你的意思是……」

「這幾個月來，我已經等了你好幾十次了。」

聽到這句話的青帆，閉上眼睛，回想梓亞站在 LOVE 旁邊看小說的畫面。原來他不是刻意裝模作樣，而是早知道可能會等不到人，所以帶小說來預備。

難怪，當時站在那邊的梓亞，與其說是在等人，更像是在進行一場儀式，每隔一陣子，每次在捷運上遇到自己，在自己旁邊用 LINE 寫下了地點，他就滿懷期待地走去那兒，祈禱能遇見自己。

青帆想起在畢業典禮上，怎麼樣都等不到前男友的自己。

她把那時自己的身影，與梓亞等她的身影重疊在一起。

莫名其妙地，她有點開心自己是 LINE 裡面的那個青帆。

兩年後，青帆跟梓亞慶祝初次見面周年紀念日。

他們相約在老時間老地點：七點半在１０１信義路的那個入口處，LOVE 裝置藝術那邊。

青帆提早十分鐘抵達，梓亞早已靠在字母Ｅ上看小說了。

他看得很入迷，這傢伙總是這樣，遇到喜歡的作家伊坂幸太郎出新書時，還常常坐捷運坐過站。青帆沒有立刻走去打斷他，她坐在花圃矮牆上，回想前年此時，完全被矇在鼓裡的她也是坐在這裡，看著梓亞讀書。

七點半到了，梓亞抬頭左右張望，看見青帆正坐著對他微笑。他把手指夾在書中間，小跑步跑過去。

「幹嘛到了不叫我。」

「我怕你在等的不是我這位青帆啊。」

梓亞翻白眼擺了個鬼臉，那次見面後不久，他們就交往了。他們都在信義區上班，走在兩年來牽手走過不知道幾次的街道上，他們也累積了不少回憶，無聊的時候就從記憶的抽屜裡挑選，拿出來回味。

「你當初的搭訕方式真的很誇張。」

這是編號〇〇一的回憶。梓亞用食指搔著自己的臉頰，他說：

「我朋友說這樣蠻變態的，妳鐵定會被我嚇跑。」

「假青帆說的嗎？」

梓亞點點頭，那是他的國中死黨。

「當初我朋友叫我直接搭訕，他覺得這樣做既變態，又不切實際。在捷運上巧遇妳的機率不高；要讓妳注意到我在用LINE，機率也很低；妳不僅注意到，還願意到廣場來看看，這件事機率更低。假如每個事件的機率都是〇・一，同時發生的機率就是千分之一。」

「千分之一你還做。」

青帆故意這樣說，她很喜歡兩人一起回憶，雖然是一樣的話題，卻會因爲不同時空，衍生出不同的想法，或是一串新話題；然後，這些會一起被打包，再放進回憶的抽屜裡。整個過程彷彿回憶具有生命，會不斷長大。就像此刻，梓亞忽然說到，「你聽過《鐵幕情天恨》(*The Girl form Petrovka*)這部電影嗎？」

青帆搖頭。

「一九七四年的一部老片，奧斯卡影帝安東尼・霍普金斯(*Anthony Hopkins*)主演。據說霍普金斯去試鏡這部電影後，想找原著小說來看。他在倫敦的萊斯廣場附近跑了好幾間書店都找不到，最後放棄去搭地鐵，卻在萊斯廣場地鐵站的椅子上撿到一本。後來他再去片場，遇到小說作者喬治・菲爾(*George Feifer*)。

一看之下才知道這本書是菲爾本人掉的。」

梓亞講著不知道是哪部小說裡的冷知識，他繼續說：

「數學家算過這事發生的機率低於十萬分之一，但它還是發生了，表示只要有緣分，沒有什麼不可能的。」

青帆想起前陣子的一則新聞，有人求婚當天，在捷運上弄掉了戒指，後來多虧了廣播節目，遺失的戒指趕在最後一刻回到求婚現場。不管是掉戒指或是拿回戒指，也都是機率很低的事情吧。

「不好意思，數學的話題很無聊嗎？」

梓亞尷尬地笑了一下。青帆回他：

「沒有，我也在算一題機率。」

「什麼題目？」

在捷運上、在LINE裡遇到真愛的機率，青帆在心裡念著題目。

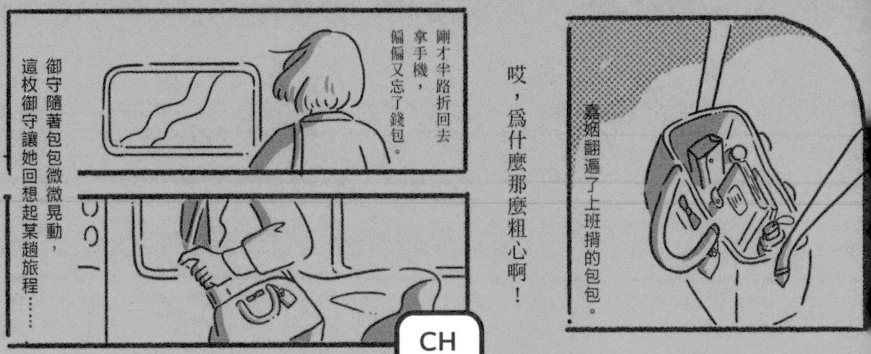
嘉姻翻遍了上班揹的包包。
哎，爲什麼那麼粗心啊！
剛才半路折回去拿手機，偏偏又忘了錢包。
御守隨著包包微微晃動，這枚御守讓她回想起某趟旅程……

CH 4 護身符

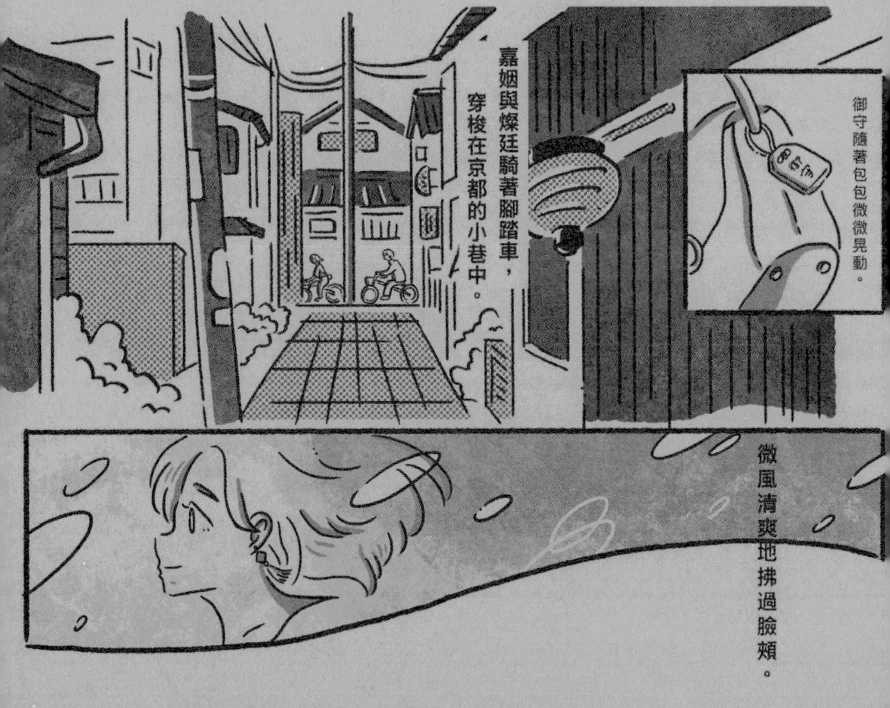
御守隨著包包微微晃動。
嘉姻與燦廷騎著腳踏車，穿梭在京都的小巷中。
微風清爽地拂過臉頰。

奇岩站刷票口前，一位穿著黑色毛呢大衣的女性，轉頭向後方的排隊人群道歉。她低頭走到一旁，手不斷在包包裡搜索——

「糟糕，難道出門忘了帶皮包？」

嘉姻住在北投，要是在 Google Maps 輸入台北市，再點兩下放大，她家就會消失在螢幕外面。北投差不多就是這麼邊緣的地方。

她在市中心工作，每天通勤都得先走上十幾分鐘到捷運站，再搭車到市區。她家在奇岩站，距離起站北投只有一站，通勤時段有許多從淡水來的乘客在北投站換車，等到捷運抵達奇岩站時，車廂已經擠得水洩不通。

三個月前起，她每天提早一點出門，先往反方向坐回北投，這樣一來，儘管多花一點時間，卻可以一路舒舒服服坐車上班。

一陣子後，嘉姻觀察到不少人都會這樣做，有些乘客甚至從更遠的唭哩岸或石牌站坐回來。一起在奇岩站上車的乘客，有幾位已經成了熟面孔，大部分年紀都比她大上一輪，只有一位看起來差不多年紀的男生，總是打扮得整齊乾淨，看起來像需要常見客戶的業務。跟其他人不一樣，他通勤時拿在手上的是小說，有幾次讀到一半拿出手機，一臉無奈地回覆訊息，或許是不得不處理的工作。

讀小說就像看電影，到一半忽然被打斷，心情一定會不好吧，嘉姻想著。他比嘉姻早下車，有幾次，嘉姻都看見他因爲書讀得太投入，車門快闔上了才連忙跑出站。明明看起來很精明，行爲舉止卻又有些迷糊。因爲這樣的反差，嘉姻才會注意到他。

嘉姻翻遍了上班揹的暗紫色包包，這是她今年初在香港買的；外套是去年冬天換季時在信義區看到，因爲太喜歡，一咬牙花了半個月薪水買下的；包包上掛了一枚京都晴明神社御守，得追溯到更久以前的某趟旅程。旁人眼裡只能分得出「好看」、「不好看」的穿著，對當事人來說，每件衣服都有一段故事。

「哎，爲什麼那麼粗心啊我，剛才走到一半折回去拿手機，正得意及時想到，偏偏又忘了錢包。」

捷運離站的警示音從上方的月台響起，現在回家拿上班一定遲到，嘉姻只好繼續低頭翻包包，祈禱奇蹟發生。

沒有，依然沒有。

粗心似乎總是發生在不好的那面，不然她這麼粗心，怎麼沒粗心到在包包裡留下一些零錢呢？

御守隨著包包微微晃動，似乎認同嘉姻的看法——

畢竟它不是第一次看到嘉姻在找東西了。

御守隨著包包微微晃動。

嘉姻與燦廷騎著腳踏車，一前一後穿梭在京都不知名的小巷中，微風清爽的拂過臉頰，車子很好騎，摩擦力彷彿不適用於這台車，變速也相當順暢，是一台會讓人騎一騎就想乾脆這麼偷騎回台灣好了的腳踏車。路兩側是混雜著古今建築的街景，幾間木造的老房子並非古蹟，看起來只是代代相傳的民宅或店家，卻保存得相當完整。方才等紅燈時，燦廷跟嘉姻說：

「有一段話這麼說：在京都創業未滿百年的店，都只能算是創投風險企業。」

雖然是玩笑話，但站在京都街頭，兩人深刻感受到話裡蘊含了那份京都專屬的深厚文化底蘊。

嘉姻四處張望，彷彿看見世世代代的京都人，拿著最精細的方格紙在規劃都市，不同時代的記憶、文化像是被風揚起的細沙，在空氣中飄浮，然後緩緩飄落到每個角落，堆疊出一座優雅精緻的千年古都。

他們的目的地是晴明神社。

去年他們也來京都旅行，在晴明神社買了一對御守。根據習俗，御守只能保留一年，第二年就要歸還原寺廟。不明就裡的他們當時買了很多御守，好險一回來就因爲紀念品準備得不夠，大部分的御守都當作禮物送給親朋好友，只留下這對最先買的御守。

走進晴明神社，灰色的鳥居是一塊巨大隔音海綿，完全吸收了路上的噪音，耳邊只剩下夏天的蟬鳴。式神像、桔梗庵、前面擺了北斗七星的晴明井，時間在這裡凝固。

「桔梗印哎，跟五芒星一模一樣，但是安倍晴明自己發明的。妳知道嗎？五芒星裡還有一個叫做黃金比例的數學數字一．六一八，據說也很神奇……」

燦廷滔滔不絕地說，顯然忘記一年前他在同一個位置說過同樣的話。一切都和去年那麼相似，就連在神社裡的其他觀光客，嘉姻也覺得好像跟去年遇到的是同一組人。她找了一下，發現神社角落有個石製的籃子放了許多御守，應該是在這裡歸還御守。

他們並排站好，解下掛在包包上一整年的御守，握在手上。嘉姻低頭闔上眼睛，在心中默念著——

我們是從台灣來的旅客，我叫嘉姻，他是我男朋友燦廷，去年在這裡買了這副御守，謝謝祢這一年的保佑。

當她正準備要將御守扔進箱子時，一旁的燦廷卻說：

「等等，是不是只要把裡面的符咒丟掉就好了啊。」

嘉姻轉頭過去，看見燦廷解開了御守，抽出御守裡的符紙。看起來像去年也來過的那組旅客對他們投以奇怪的眼神。

「你在幹嘛啊?!怎麼可以打開御守？好丟臉，趕快丟掉去買新的就好了啦。」

「又沒人規定不能打開，如果要禁止人打開，打死結就好了啊。」

燦廷理直氣壯地回嘴，嘉姻來不及反駁，燦廷繼續說：

「這是我們第一個在京都買的紀念品，這樣丟掉我覺得好可惜噢。」

一聽到這話，嘉姻態度就軟了下來，燦廷搶過嘉姻手中的御守，抽出裡面的符咒，兩張攤開來疊在一起，壓在雙手合十的掌心中，口中念念有詞：

「晴明大神，謝謝您今年的保佑，但我們想留下這份御守作爲紀念物。所以就只還您御守裡頭的符咒了，希望您大神有大量，別跟我們計較。」

燦廷手一伸，將兩張符咒扔進箱子裡，符咒像兩片落葉，在空中旋轉，緩緩落下。

「還妳，妳的御守。」

嘉姻接過御守，明明只是少了一張符咒，御守卻頓時失去了重量，掂在手中輕飄飄的，讓她不禁聯想起，她所感受到的失去可能不是重量，而是原本依附在符咒上的法力。

「聽得懂中文嗎……算了。」

一旁的燦廷把御守繫回包包上，口中還在嘀咕著。方才那麼帥氣，現在卻開始擔心起來。看到這畫面的嘉姻忍不住笑了出來。

太陽從五重塔頂緩緩下降，嘉姻和燦廷回四条河原町的飯店放好東西，散步去三条通上的一蘭拉麵。去年來的時候還沒這間店，今年才新開幕，原本安排這個點時，他們擔心得要排隊排很久，浪費太多時間。一走進去，出乎意料只排十分鐘而已。

一蘭拉麵的裝潢很特別，座位間有隔板擋住，就像K書中心一樣，不僅客人們看不見彼此，連服務員也隱身在座位正前方的隔板後。

「聽說這是爲了讓獨自前來的客人也能自在地吃麵。」

「爲什麼開放式的空間，一個人就不能自在地吃麵？」

「日本人很多規矩吧。聽說要是女孩子是一個人，不能去吃松屋跟吉野家這種店噢。」

「哪有這種事的，我超喜歡吃松屋的。」

「那就一直跟我來啊。」

燦廷的頭從隔板旁伸出來，擺出誇張的笑容，喜歡吃辣的他，額頭上滿是汗珠。嘉姻拿紙巾幫他擦頭。

「妳爲什麼不回答我。」

燦廷皺起眉頭，嘉姻笑了笑，拿紙巾往他眉心擦去，抹平那片皺紋。

燦廷吃飯向來很快，要是他沒有刻意等嘉姻的話，當他吃完，嘉姻常常才吃不到三分之一。一蘭拉麵店裡無法看到對方用餐狀況，燦廷又一下子就吃完了。他拿走嘉姻的御守，在隔板的另一端不停掏著口袋，一會兒，再將御守擱回嘉姻桌上。

「你放了什麼進去？」

嘉姻拿起御守，發現裡面裝了一枚圓形的物體。

「我覺得御守裡面好像還是該放些什麼。」

燦廷的聲音越過隔板，嘉姻拆開來看，是一枚全新的台幣五十元銅板，她忍不住笑出來：

「又不是零錢包，你幹嘛放硬幣。」

「這是去年鑄的硬幣，剛好是我們交往的那年。」

燦廷的頭又探出來，笑容上薄薄罩了層不好意思。

聯想起下午在晴明神社的畫面，嘉姻忽然察覺到燦廷表情背後的意義：

「這是你特別帶的硬幣，你早就準備好了？」

燦廷故作思考，歪著頭，眼睛往上瞄了一下：

「沒有啊，就剛好。不過，這以後就是專屬我們的御守了。」

他一定是早就計畫好了，嘉姻心裡更加確信。她握住手中的御守，下午失去的重量，現在不僅回來了，還變得更具體、更踏實。

御守的重量和守護人的法力成正比，一定是這樣的。

吃飽後走出來，排隊人潮像螞蟻一樣，一路從店門口延伸到街角。要是現在才來，恐怕真的得放棄，改去吃對面的松屋。

「看吧，五十元御守有保庇。」

燦廷拿起他的御守，在嘉姻眼前晃啊晃地。

燦廷用力將包包扔在椅子上，他的御守在嘉姻眼前晃啊晃地。

「爲什麼不可能。」

他們在燦廷家裡，桌上擺了好幾本學日文的書，還有幾張印出來的日商來台招募職員資料。

「我沒說不可能，我只是說很難。」

嘉姻反駁，每次一講到這件事，雙方就會吵起來，久而久之有時候一方心情不好時，就會故意提起這件事來吵一架。在這種地方展現默契，嘉姻一點也高興不起來。

去日本旅行幾次後，燦廷越來越喜歡日本，甚至決定去日本工作。起初嘉姻覺得他只是說著玩的，畢竟兩個人都在令人稱羨的公司上班，也都受到主管重視，前途備受看好。

「如果在現在的公司努力，幾年後應該就能升到小主管的位子了。」

「一個月瘦一公斤，一年就能瘦十二公斤嗎？減肥都不可能這麼順利了，工作哪能這樣預估。」

這是第一次燦廷提起想去日本生活時，兩人開始吵架的對白。

嘉姻認爲，旅行跟定居生活是兩回事：前者是短暫的相處，看到的總是被刻意呈現出來的美好、漂亮那面，就算不喜歡，拍拍屁股回家就好了；後者是長期抗戰，有經濟壓力、生活模式等等各種面向要煩惱，最重要的是，想走也沒那麼容易走掉。

其實旅行跟定居，就像交往和結婚一樣。

每次吵架，嘉姻都會想到兩者的類比，但她從來沒說出口，因爲她擔心這句話說了，就像買了回程機票，旅行就要結束了。

◎

「拿裡面的五十元買票吧。」

她有些訝異自己突然有這個想法。

三年前跟燦廷分手後，就算換了包包，她還是習慣把御守換到新的包包上。起先她並沒有多想，只是單純因爲「不用的包包要整理乾淨」以及「沒有人把護身符收在櫃子裡」這兩種想法加在一起——直到有一次，她在餐廳遇見燦廷。

那是他們兩個都很喜歡的泰國菜餐廳，剛分手時她好一陣子沒去，因爲怕遇到燦廷。雖然分手是燦廷提的，但她也覺得兩個人越來越不適合。當燦廷提出分手時，嘉姻表面上很難過，卻沒有反對。

「妳的反應好冷淡。」

「提分手的人沒資格這樣說對方吧。」

「是沒錯，可是……」

燦廷搖搖頭，把剩下的話嚥回去。嘉姻覺得自己很壞，她隱隱約約感受到燦廷想藉著提分手好好溝通，她卻趁機讓事情變得無法挽回，還將責任推到對方身上。因爲愧疚感作祟，嘉姻剛分手時怕遇見燦廷，交往時常去的地方都列爲禁區。

那時嘉姻才察覺到，除了回家外，她幾乎哪裡都不能去。

跟燦廷在泰國菜餐廳重逢時，她是和燦廷也認識的大學好姊妹一起去用餐。儘管一開始有些不自然，但在姊妹們幫忙下，氣氛還算融洽，跟燦廷同行的女孩子似乎也沒發現這裡面藏了一位他的前女友。

這就是所謂的，樹葉要藏在樹林裡面嗎？

站在後頭的嘉姻還有心情想這些無意義的事情，直到燦廷說：

「這位是……我的未婚妻。」

這句普通音量的話，在嘉姻耳中卻製造出無數的回音，不斷迴響。

「哇……想不到你這麼早就結婚。」

「我大學時整天嚷嚷著想早婚了。」

燦廷說話時，視線與嘉姻交會了。從眼神中，嘉姻覺得燦廷不是在氣她，反而像無聲地跟她說：

「哈，妳還記得嗎？那時候在京都時，我還說三年後我們結婚，要到上賀茂神社辦婚禮，穿日式的禮服，妳得把臉塗得白白的。」

嘉姻臉上露出微笑，她發現自己好久沒有笑得這麼自在，他們還是有默契的。她邊笑，下意識地伸手把玩包包上的御守。

嘉姻忽然緊握住御守。

她發現，燦廷儘管還用同樣的公事包，御守卻不在了。她不想被他發現，只有她還掛著這枚御守。

當晚，是嘉絪分手後最難過的一晚。

她原本一直覺得燦廷還掛念著自己。就算今天遇見時得知他論及婚嫁，但嘉絪直覺上就是認定，那麼深愛過的兩人，那樣的愛絕不會消失。但如今，不僅燦廷拿掉了御守，當他看見她包包上的御守時，臉上還閃過一絲不忍的同情。

原本以爲深信不疑的愛消失了。

嘉絪將包包拉到身邊，她想扔掉這枚御守。掙扎了很久，她還是做不到。就算她已經習慣獨自一個人了，她依然很需要依靠。她靠著自己想像裡還愛著她的燦廷，以及燦廷留下的這枚護身符。她想起分手當天道別時，燦廷說：

「我其實不一定要去日本，我只是希望不管我想怎麼樣，就算所有人都反對，妳也會支持我。」

當時她覺得這段話很任性不講理。事後回憶，才察覺燦廷除了埋怨，可能有更多的是在求救，希望嘉姻能說些什麼，挽回這段感情。

她完全漏接了，不知道是下意識的刻意行爲，還是偏偏在這時候沒有默契。

燦廷最終沒去日本工作，是失敗了，還是因爲他的未婚妻「總是支持他」，讓他也認眞考慮，兩個人好好溝通後，才決定留在台灣呢？明明就現實狀況來看，嘉姻大可以虧燦廷：

「當初那麼信誓旦旦，最後還不是沒去成日本。」

但今天的見面，嘉姻覺得自己才是失敗的那方——

如果說分手後的情侶，硬是要分個勝負的話。

今晚，她失去了想像中的燦廷，她沒辦法再失去這只護身符。能給人安心感的，不是去多靈驗的廟求來的護身符，而是一直陪在身邊的物品。

「小姐，我在旁邊注意到了，妳忘記帶錢包嗎？」

嘉姻回頭，是那位每次都跟她一起往回坐到北投站的男生在跟她說話。

「我幫你買車票好了，反正我們每天都會遇到，妳下次再給我就好。」

他笑著說。應該眞的是業務吧，跟陌生人交談一點都不會不自然。

「謝謝你，不過我有一個零錢包，就是爲了這種非常時刻。」

說著，她解開御守，從裡面拿出五十元銅板。男生露出不可思議的表情。

「啊？妳拿御守當零錢包？」

「不是我，是一位朋友幫我這麼做的，他知道我總是很粗心，所以跟我說，比起符咒，可能一枚硬幣更能保護我。」

「哈，他說得對，我先去搭車了，掰掰。」

男生笑著跟她揮手道別。嘉姻知道，他一定誤會，以爲方才的那句話是在暗示他自己有對象了。

這是你最後一次幫我，也是最後一次害我了。

嘉姻把錢投進售票機，她彷彿看見銅板落在一堆五十元硬幣上。說不定在那之中，有曾經放在燦廷御守裡的那枚硬幣。之前因爲嘉姻捨不得用掉，這兩枚硬幣始終沒機會重逢。如今她把自己手中的這枚硬幣釋放了，或許在某一台售票機、販賣機、或是某個人口袋中，它們就會重逢了吧。

至少，比起她跟燦廷不會再有交集的未來，硬幣重逢的機會一定更大。

捷運車門關上，嘉姻慢慢往車廂的盡頭走去，太陽被車窗割成一塊一塊的，在地上、在座位上閃閃發亮。嘉姻喜歡有太陽的日子，卻不喜歡被太陽曬到。她想起在京都騎腳踏車時，她嚷嚷著不想曬黑。

「不然，我騎慢一點，妳跟著我騎，躲在我的影子底下吧。」

騎在前頭的燦廷轉身，很酷地指著地上自己的影子，夕陽下，影子長長地拖在他身後。嘉姻半信半疑往燦廷的影子裡騎。

「最好是這樣……咦，眞的可以哎！」

影子裡涼涼的，嘉姻覺得很舒服。

「妳可以躲一輩子都沒關係。」

「你眞的很會講甜言蜜語。」

「我都講實話。」

兩人開心地邊騎邊拌嘴，微風拂過京都的老建築，再拂過他們。

沒騎過幾條街，在一個十字路口時，因爲嘉姻停下來拍照，兩人被隔在斑馬線的兩邊。嘉姻記得那時候，在馬路對面的燦廷對她大喊：

「下次停下來的時候告訴我，我等妳！」

嘉姻一直記得這句話，她覺得這是燦廷對她說過最浪漫的話。

可惜她卻錯過了喊住他、叫他停下來的機會了。

嘉姻看到那男生正坐在靠東側的窗邊座位，低頭讀小說。她猶豫了一下，往他走過去。

「剛才謝謝你。」

「啊，用御守當零錢包的女生。」

「眞的不是啦，那是我朋友準備的。」

「可是怎麼會有朋友這樣準備，他知道妳很容易忘記帶錢包？」

「這段故事很長噢，你有興趣聽嗎？」

「這次聽不完，可以明天再聽。反正我們常在捷運上遇到，我叫齊宣，很高興認識妳。」

齊宣笑著說，或許眞的是因爲常在捷運上遇到的關係吧。雖然只是第一次聊天，嘉姻卻有種兩個人已經認識好一陣子的感覺。她說：

「好吧，正確來說是前男友，很久以前我們一起去京都玩的時候……」

「對不起請等我一下。」

齊宣拿出手機，邊自言自語「慘了，希望不會太慢」，邊飛快地打字回覆，按下送出。

「不好意思可以了。」

「工作嗎？你先忙沒關係。」

「我看你常常這樣。」嘉姻差點說溜嘴。

「不，是我朋友要我幫忙的一件蠢事。嗯，也是一段說來話長的故事。先等妳說完，再換我說吧。」齊宣做出一個請的手勢。

「我們去了晴明神社，在那裡買了這個有桔梗紋的御守……」

「原來是桔梗紋啊，我還以爲怎麼日本御守有塔羅牌的五芒星。」

嘉姻笑了笑，她聽見自己的聲音重複著燦廷的話。

「長得都一樣。這形狀裡面還有一個叫做黃金比例的數學數字一．六一八，據說也很神奇……」

嘉姻邊說，邊用手遮住從齊宣身後灑下的陽光。齊宣注意到，稍微挪動了一下身子，替她擋住陽光。

如果可以的話，這次，就好好地待在這片影子底下吧——

嘉姻這麼想著。

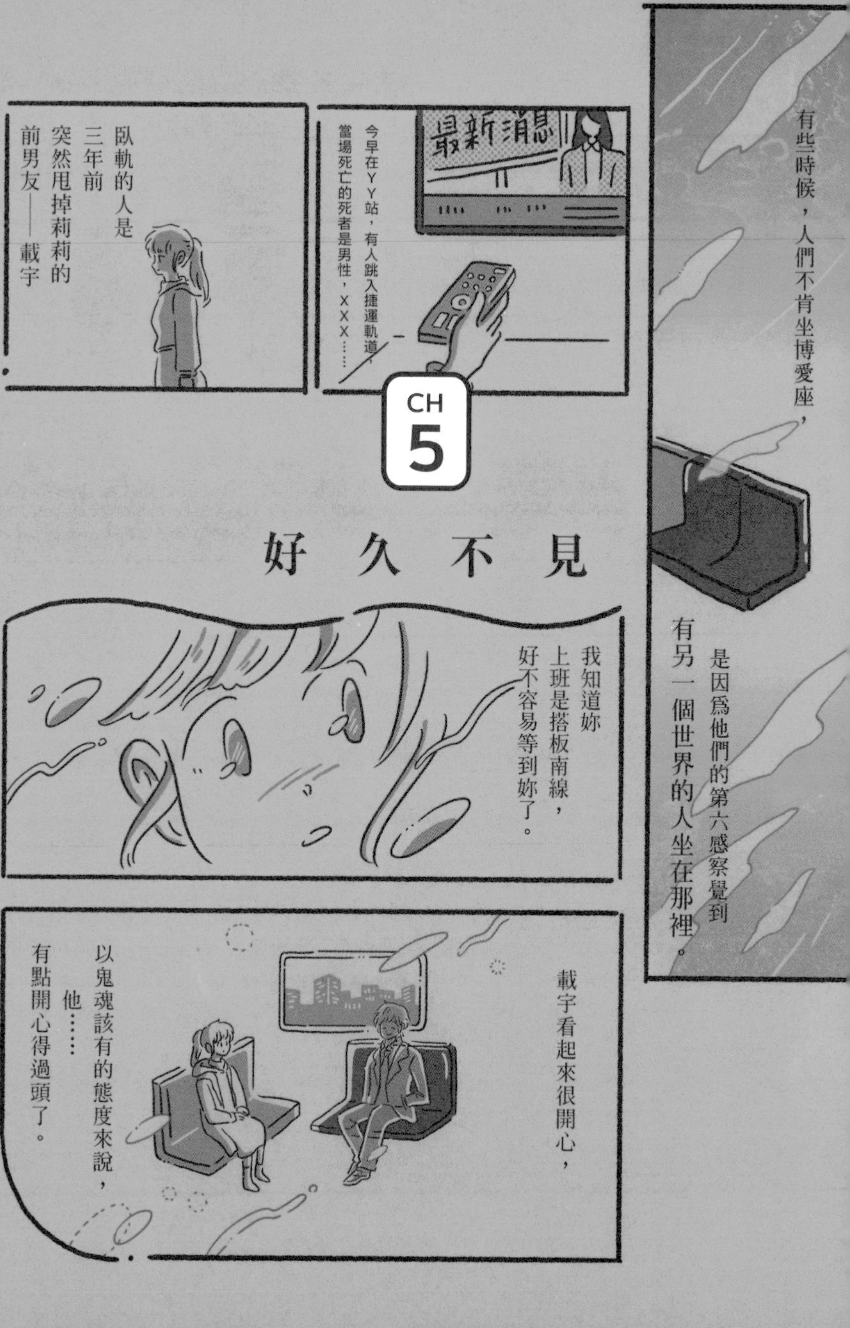
有些時候，人們不肯坐博愛座，
是因爲他們的第六感察覺到
有另一個世界的人坐在那裡。
最新消息
今早在ＹＹ站，有人跳入捷運軌道，
當場死亡的死者是男性，ＸＸＸ……
臥軌的人是
三年前
突然甩掉莉莉的
前男友——載宇
CH 5
好久不見
我知道妳
上班是搭板南線，
好不容易等到妳了。
載宇看起來很開心，
以鬼魂該有的態度來說，
他……
有點開心得過頭了。

01 好久不見

捷運慢慢停下，一位乘客站起來準備下車，站在前方的上班族側身讓開，上班族有些開心，高運量捷運一節車廂最多容納三百六十八人，其中只有六十個座位。幾秒後，他就要成爲那幸運的十六％。一起坐的還是一位綁著馬尾的可愛小姐。如果說生活中有什麼小確幸，大概指的就是這樣的事吧。

「哈囉！」

可愛的馬尾小姐對著剛走進車廂的朋友揮手。就這麼遲疑了一瞬間，朋友坐下，她們兩個聊起來，捷運緩緩起步。他小聲嘆了口氣，低頭看著剛坐下來的那位女性上班族，暗紫色的包包，上面綁了一個繡有五芒星的護身符。不知道是哪一間廟裡求來的這麼靈驗，讓她一上車就有座位。而他依然是那被罰站的八十四%。

如果廟裡有賣「保佑座位」的護身符，應該會大受捷運族的歡迎吧，他心裡想著。

「我才在想，應該差不多又要遇到了。」

莉莉對嘉姻說，她們住在同一條捷運線上，上下班時間也差不多，以平均每個月一次的頻率巧遇。不過在車上大家都低頭用手機，搞不好有好幾次兩人在附近，只是沒有發現到彼此。今天剛好旁邊的乘客起身，莉莉抬起頭來，才捕捉到正要上車的嘉姻。

莉莉摸摸嘉姻的大衣說：「這件好好看。」

「是我去年買的，第一眼看到就覺得一定要買，不買對不起自己。」嘉姻眼睛發亮，然後又嘆一口氣，「但年終慶看到它下殺三折，覺得更對不起自己。」

她們是大學同學，雖然是同一群好友，但大學時就像水分子裡的兩個氫原子一樣，沒有直接的連結，LINE裡也只在共同的群組說話，很少單獨聊天。直到幾個月前去泰國餐廳聚餐，她們遇到嘉姻前男友帶著未婚妻。嘉姻一臉自在，大家開玩笑要討喜帖時，她還跟著起鬨，反而是前男友有點彆扭。

莉莉原本以爲嘉姻根本不在意，直到瞥見她握住包包上御守的指甲，因爲用力過度而發白。事後她私下關心嘉姻，兩個氫原子才慢慢有了連結，變得要好。如今已經是偶爾會單獨約喝咖啡談心事的好姐妹了。

「妳的御守還沒拿掉啊。」

「就覺得拿掉了這樣包包好像有點空，下次逛街有看到適合的配件，我就要來換掉。」

莉莉笑了笑，嘉姻似乎不記得自己上次也是這麼說。這藉口與其是說給莉莉聽，可能更常被嘉姻拿來說服自己。

但是在忘不了前男友這點上，莉莉也沒資格說嘉姻。

「莉莉？妳還好嗎？」

嘉姻的聲音從旁邊傳來，她才發現自己不小心陷入思緒中。

「妳要打起精神來，我後來想，你們既然早就沒聯絡了，妳不如就當作這件事從來沒發生。他還在這座城市的某個角落，活得好好的，就跟以前一樣專門做一些很自以爲、很討人厭的事情。這樣妳就會好一些啦。」

「就像我偶爾會想，他根本沒有結婚，而是跑去日本工作，現在正適應不良被排擠。」

嘉姻講完自己笑出來。她的說法很有道理，但有道理不代表一定能聽得進去。莉莉笑了笑，低下頭揉眼睛，不知道爲什麼，眼眶竟然有些濕濕的。

「眞的，如果還在的話，他一定在做一些很自以爲的事。」

莉莉邊說，邊趕快擦乾眼淚，不然等等嘉姻看到了再說些安慰的話，鐵定哭得更嚴重。捷運靠站，許多乘客下車，車廂頓時變得空曠。莉莉深呼吸了一口，拍拍臉頰，確定自己換上一張標準的笑臉後，一抬起頭來——

「我哪裡自以爲了。」載宇坐在對面的博愛座，雙腳坐得很開，手肘撐在大腿上，托著下巴，一副拍雜誌封面的自戀樣，他眼睛發亮地說：「妳眞的看得到哎，原來以前不是騙我的。」

通勤時間的捷運車廂塞滿了乘客，但偶爾會發生許多人寧可站著，也不願意坐博愛座的狀況。

「因爲博愛座是要給老先生或孕婦坐的嘛，當然不好意思坐啊。」

通常是這樣想的吧。

但事實上並非如此。

有些時候，人們不肯坐博愛座，是因爲他們的第六感察覺到，有另一個世界的人坐在那裡。

具有某種能力的莉莉，每次看見博愛座上坐的是鬼魂時，總會撇開頭，避免眼神交會。

沒什麼理由，只是被鬼纏上的話，多半不是好事吧。

前幾天莉莉上班時，捷運嚴重誤點。

進辦公室後她陷入一堆會議中，直到中午吃便當時才有空休息。莉莉點開新聞，想知道誤點的原因——

今早在ＹＹ站，有人跳入捷運軌道，當場死亡的死者是男性，ＸＸＸ……

就像電視機聲音壞掉那樣，一瞬間，她聽不見任何聲音，眼前的景象開始晃動、傾斜。

回過神來，莉莉發現自己坐在廁所裡，抱住馬桶，嘴中滿是嘔吐後的酸味。

臥軌的人是三年前突然甩掉她的前男友——載宇。

嘉姻下車後，莉莉換到博愛座旁的位子。

「我知道妳上班是搭板南線，這幾天一直在這邊繞，好不容易等到妳了。」

載宇看起來很開心，以鬼魂該有的態度來說，他開心得過頭了。莉莉打量他，身穿上班的窄版西裝，繫了條紫色條紋領帶，公事包放在腿間，標準的雅痞樣。

「哎哎，幹嘛不理我啊？」

怎麼回答，跟空氣講話，別人一定以爲我是怪人啊。

莉莉咬著嘴唇不知道該怎麼辦，躲都來不及了，她從來沒想過該怎麼跟鬼魂交談。

「妳從以前就是這樣，太在意旁人的眼光了啦。」

載宇邊埋怨，邊從包包裡拿出手機來。

「妳傳 LINE 給我吧。」

哎，真的嗎？

莉莉掏出手機，雖然好久沒聯絡了，但她一直沒把設在最愛裡的載宇移除，好幾次看到，想要移掉，但又嫌還要多按幾個鍵麻煩，久了就不了了之，成了桌面上一個永遠不會點到的快捷鍵。

為什麼鬼魂可以用手機？

「妳問候死掉的我的第一句話，竟然是這個？」

很令人好奇啊。

「好吧，因爲我是握著手機一起跳的。當然囉，不然被記者撿到一定會偷看。被碾碎後，手機的靈魂依然跟著我。那邊的人……」

載宇的手指先是往天空指了指，歪著頭想了一下，再一百八十度翻轉往地下指。

「那邊的人說，只要沒人選走我的號碼，它沒投胎，我就可以繼續使用，除了不能發訊息給活人就是了。」

手機也有靈魂？

「對啊，從前不就有這種例子嗎，有個人爲了鑄劍，連自己太太都犧牲了，最後那鑄成的劍就像是有靈魂一樣……名字叫做，有點像罵人的那個……」

你是說甘將與莫邪？

「對對對，妳知道就早說嘛。妳看，鑄劍都能注入靈魂了，手機這麼複雜的工藝，當然在製造的過程中，也會被賦予靈魂啊。」

竹科的工程師們完全沒想過，自己竟然創造出靈魂了吧，莉莉想著。

此時，車廂傳來到站的廣播聲。

「莉莉妳到了哎，妳先下車吧，不然上班要遲到了。」

可你不是有什麼事要跟我說嗎？

「明天吧，妳出門前傳 LINE 給我，我在妳家的月台上等妳。」

那不是我家，只是我租的公寓，而且，明明你以前也在那邊住很久。

莉莉有點不高興，但載宇好像沒感覺到，他只說：

「打字蠻快的嘛，一定是很常開會偷玩小遊戲吼，快下車吧，車門就要關了，掰掰～」

我是光明正大的，掰掰。

車廂門關起，莉莉轉頭，載宇從車窗裡看著她，大力揮著手跟她道別。

有那麼一瞬間，莉莉不覺得他已經死了，她感覺到他彷彿還活著，就像以前，他們還住在一起，每天一起搭捷運上班，他的包包裡放著她替他準備的早餐，討論著下班要去哪裡看最新上檔的電影。

那時他們好年輕，從學生時代就同居，像夫妻一樣地生活著。

有一天，莉莉去高雄出差，回到家時，房間被挖空了一半，成對的杯子、碗筷全都只剩下一只，消失的一切化成一封信，靜靜躺在桌上。

莉莉打開它，上面寫著：

我找到我真正的幸福了，她才是真正適合我的人，請不要再跟我聯絡，祝妳幸福。

當時年輕好強，莉莉寧願每天晚上哭到睡不著覺，也不肯聯絡載宇。

她有太多想問他的事情。

他這幾年過得怎樣？

他幹嘛想不開輕生？

他幹嘛死了才來找她。

但這一切都比不上那個問題：**為什麼當初要這麼殘忍地離開我？**

o2 航海王杯子

隔天一早，莉莉遠遠就看到載宇在刷票口等她。

「我們啊，就像地縛靈，而捷運是一個大湖，我們可以在各站間往返，但不能離開捷運站。」

又是那邊的人說的？

莉莉低頭傳簡訊，兩個人並肩站在電扶梯上。

「不是，是我自己發現的。」

載宇搖搖頭，一位趕車的上班族大步穿過他的身體。

地縛靈是因為有沒完成的願望，才會留在人間不肯成仙，那載宇的願望是什麼呢？

「我發現捷運上其實鬼魂還不少。難怪以前去倫敦玩，妳才坐了一次地鐵就臉色發青，再也不肯坐，畢竟是百年地鐵嘛，裡面一定更多鬼魂了。」

大概有一半吧，那時候跟你講你還不信。

莉莉傳完訊息後狠狠瞪了載宇一眼。

「一般人都不會相信阿，而且那時候我們是在柯芬園，我以爲妳只想逛街，不想陪我去 Abbey Road 看披頭四。」

那一站出口鐵定塞了一大堆披頭四迷的鬼魂。

上車，莉莉挑了L型的座位，載宇坐在垂直方向的博愛座上，她注意到載宇褲管露出來的黑襪有個地方被勾破了。

等等有老太太上來你要讓坐，不然你這樣誰敢坐在你身上。

「噢，眞的是因爲我嗎，難怪我還想說大家果然很怕群眾壓力，不敢坐博愛座，就像我以前一樣……啊，難道我那時候不敢坐博愛座也是因爲！太恐怖了，竟然有鬼在我前面我都不知道。回去我要問一下是哪個傢伙有看過我……龍山寺站跳的小胡嗎？他也蠻常在藍線上的，我第一個遇到的就是他……」

載宇自顧自講著，莉莉在旁邊聽，她話向來不多，比起說話，她更愛扮演聆聽的腳色。但是常常有人，特別是那些過於體貼的人，看見她一陣子沒說話，就會關心她會不會無聊。

「不會啊，我覺得很有趣。」

之後，她越聊越開心，體貼的人們看見她話多，便安心了。但事實上是爲了讓他們安心，才硬擠出這些話的。

說著不想說的話，她才眞的感覺到無聊。

「其實啊，我有一件事情想請妳幫我。」

終於來了。

什麼事呢，你說說看，做得到我就幫你。

莉莉昨天晚上想了很久，畢竟人都走了，如果能幫他完成些什麼，她還是願意的。

只要不是跟那個害她被拋棄的女人有關就好，當然，如果是打她一巴掌的話那是沒問題。

「我7－11差一點就可以換《航海王》的杯子了，可以幫我換嗎？」

啊？你要我幫你去集點換杯子？

「對啊，跳下去的時候，我忽然想到，我通常上班路上會去買咖啡。今天剛好可以換了，就差這一點，好可惜啊……不然我現在可是靈界唯一一個有《航海王》杯子的鬼魂，多酷啊。」

所以，你不能成仙的理由，是一只集點兌換的馬克杯？

莉莉忍不住翻白眼。

「《航海王》的馬克杯。」載宇認眞再強調一次，然後嘆口氣說，「好吧，我也不確定，不過我的確在死前有因爲這件事情懊惱了一下，所以搞不好眞的是因爲這件事。拜託，我要羅賓的噢。」

莉莉瞪大眼睛看著這位雙手合掌拜託自己的鬼魂，他本來就不按牌理出牌，但都死了，也該稍微長進一點吧。

唉。

莉莉嘆了口氣，旁邊座位的人看了她一眼，她趕忙裝成打呵欠。

你要怎麼給我你的集點卡。

「我把它放在辦公桌上筆筒裡面，妳到我公司，妳記得吧，我沒換公司，說找業務部的Jason，他跟我很要好。妳請他把集點卡拿給妳。」

只拿集點卡，人家會覺得很怪吧，怎麼會交代這種遺物，你再告訴我有什麼可以拿的，而且人家這樣怎麼會相信我。

載宇歪著頭想了一下。

「不會啦，妳先把他叫下來，他看見是妳這麼漂亮的女生，不會懷疑的。」

拿不到不能怪我。

事實上，莉莉早就想好，要是眞的拿不到，她就直接去買一個杯子。

「拿到之後，妳再去我跳下去的那個位置，摔破杯子。這樣我就可以收到了。」

往軌道上摔杯子？怎麼行得通？

「放心，我研究過了，那邊沒有攝影機。我原本以爲我跳了之後，捷運公司會補裝一支，但可能他們覺得同一個地方不會發生兩次事故吧。」

你研究過了？所以你……不是一時衝動？

莉莉忍不住趁機問出來。載宇看著她半晌，沒說任何話，莉莉被他看得有點緊張，低頭撇開他的視線，又傳LINE給他——

你說話啊。

「啊，到站了，妳先去幫我拿杯子吧，我拿到杯子會再跟妳說的。」

載宇伸出手來推莉莉，手卻穿過她的身體。

下午莉莉請假到載宇的公司，請總機找Jason出來，一位男生從自動門後走出來，散發出半公里以內的女性都會愛上他的自信，跟載宇差不多，差別在於載宇是認爲三公里以內，只要是異性，都會愛上他。Jason一看到莉莉就說：

「是妳。」

「我們以前見過面嗎？」

Jason臉上閃過一絲遲疑，馬上又消失，他說：

「妳是莉莉吧，我聽載宇聊過妳，剛好我們正在整理他的東西，所以就直覺猜是妳。」

莉莉點點頭，她告訴Jason，載宇之前在幫她集點，因爲她想要一個《航海王》的杯子。現在，她想自己把杯子集到，用這個杯子來紀念他。

跟絕大多數的對話一樣，這段話摻雜了謊言跟實話。

Jason聽完後點點頭，轉身回辦公室，回來時，手上拿著一張集點卡。

「就這樣，妳沒有要拿別的了嗎？」

Jason跟莉莉確認似地說著。

「沒有了，怎麼了嗎？」

「沒事，如果妳有想到什麼再跟我說吧。這是我的手機號碼。」

Jason留下號碼，幫莉莉按電梯。

「你跟載宇當同事多久了？」

「我是去年來這間公司的吧。」

電梯來了，Jason 揮揮手送她離開。

莉莉心想，Jason 認識載宇時，他們早分手了，為什麼她來，Jason 還能立刻認出是她？

電梯門關上的那刻，兩人眼神交會，莉莉肯定，Jason 一定知道一些她很想知道，卻什麼都不知道的事情。

深夜，莉莉手上拿著羅賓的馬克杯，走向載宇臥軌的位置。前一班車剛走，月台上空蕩蕩的，她走到月台邊看，軌道上沒有一絲血跡，完全看不出有人離開的痕跡。

莉莉閉上眼睛。

雖然總是不正經的樣子，但莉莉很清楚，載宇只要對一件事情認真，就會相當執著，甚至到了鑽牛角尖的地步。

究竟是什麼樣的事情，逼得他做出這種決定，逼著他選擇離開人世呢？

離開的人認爲離開就可以解決一切。但當他們化作鬼魂，站在一旁看著重要的人時，他們會更無力，因爲事情不但沒解決，反而更嚴重了。

她想像載宇跳下去的模樣，那天看到新聞的反應又來了，一股噁心的感覺從胃裡湧上，她摀著嘴，蹲在月台上乾嘔。

雖然很久沒聯絡了，但這是二十一世紀，失聯是一件高難度的事，只要拿起手機，你永遠可以找到你想找的人。

過去就算沒聯絡，依然感覺對方跟自己很近。

現在有聯絡，彼此卻連觸碰也碰不到。

莉莉站起來，將杯子跟新買的黑襪用力往軌道上一擲。一陣巨大的聲響，電扶梯上傳來急促的腳步聲。她跳上算好時間的對向來車，車門關上，隔著車門，她看見站務員探頭往軌道裡望，月台上一陣混亂。

那時候的畫面，就是這樣嗎？

03 深夜車廂的KTV

「只要在《航海王》集點結束之前沒有人臥軌，我就是唯一擁有這只馬克杯的地縛靈了。」

載宇手裡拿著馬克杯，劈哩啪啦講個沒停。莉莉注意到他換上了她準備的新襪子。

從以前到現在都是這樣，載宇是個不會把謝謝掛在嘴邊的人。

但不代表他不會注意。

剛開始約會時，載宇常送莉莉小禮物。禮尚往來，莉莉下次都會準備個小東西回送。

有一次，載宇直接跟她說：

「妳是不是不喜歡欠人情啊？每次我送妳東西，妳都立刻回禮。」

「才沒有……」

載宇伸手制止她講下去：

「聽著，送禮這件事，根本的目的是希望對方開心，只要看見妳開心，禮物就值得了。妳不需要刻意準備回禮。要是給妳壓力，那反而失去了禮物的本意。」

「我沒有壓力啊。我也只是希望看到你開心，怎麼你送別人禮物是眞心，別人送你禮物就是禮貌而已。」

平常溫和的莉莉難得反駁，但事後回想，這種異常的反應，在在證實自己被載宇說中了。

「禮貌跟眞心，我分得出來就是了。不然的話——」

載宇話說到一半，沒完成的句子在空中飄盪著。

「怎樣？」

「妳把自己送給我，一了百了，以後都不用回禮了。」

事後載宇說，這是他想了好久的決勝詞。

但莉莉怎麼看都覺得那只是臨時起意的一句話。

載宇雙手捧起杯子往嘴湊。

捷運上不能喝飲料，就算是鬼也得遵守吧。

「妳沒看過日影《鬼壓床了沒》嗎？」

那是什麼？

載宇很愛日本，日劇、日影、日本歌手……以前莉莉常陪著他看。

「我記得妳很愛看日影的啊，這麼好看的電影竟然錯過了。好吧，那部電影裡說『鬼吃不到東西，只能用聞的解饞』。

「這句話是對的噢，我猜一定有一位對我們世界很了解的人參與過那部電影的製作。日本人眞誇張，連鬼的眞實狀況也敢若無其事地揭露。」

載宇嘖嘖了兩下，接著說：

「所以啊，被束縛在台北捷運的鬼是最可憐的，什麼味道都沒有，只有高中生的汗臭。我真羨慕那些在熱炒店喝太多，看到酒促女郎心臟病發的鬼魂，每天都可以聞到熱炒的香味。」

在那個世界也有比較，也會羨慕的啊？

「當然，人類這種生物，到哪裡都會比較，遇到對自己不利的事就說不公平，遇到有利的就摸摸頭傻笑說運氣真好，惡劣一點的還說是靠實力掙來，要是遇到這些人搭捷運，我一定要好好嚇他們。」

像被按到某個開關，載宇忽然動氣了。

好啦好啦，別生氣。

莉莉趕忙轉移話題。

你沒消失，看來，杯子不是讓你留戀人間的原因。

「好像不是吼。」

你還有想到什麼可能嗎？

載宇歪著頭想了一會兒。

「伊坂幸太郎的新書？」

你確定？

載宇聳聳肩，歪著頭看莉莉。

當晚，捷運站同一地點又發生一起異物落入軌道的案件。

在那之前，捷運局以機率來評估，同一地點發生三件事故的機率實在是太低了，因此還是沒有裝攝影機。他們的機率顯然沒有學得很好，賭丟銅板就算連續輸了一百次，第一百零一次輸的機率還是五十％，並不會因此減少。

更何況，這幾次顯然不是獨立事件。

之後，站務員陸續撿到刮鬍刀、二手的陳曉東《我比誰都清楚》CD。

一則靈異傳說在捷運局員工之間不脛而走。怕影響載客，高層壓下這些事情。當然，更不可能笨到去裝攝影機，讓有心的內部人士拿去偷賣給媒體。

深夜十一點多，洗好澡的莉莉，穿著居家休閒服。

空蕩蕩的車廂裡，只有兩位上班族坐在車門的另一側座位上聊天。他們感覺起來是很要好的朋友，雖然穿著上班族的服裝，卻像坐在學校附近咖啡廳閒聊的大學生，不時會越聊越開心，「小聲點，小聲點。」然後互相提醒，像是轉了音效旋鈕一樣放低音量。

他們不會注意到的，莉莉沒拿出手機，直接小聲地跟載宇聊天。

最近他們常這樣。莉莉下班後，如果沒有特別要緊的事，她就會傳訊息給載宇，兩個人約在捷運上見面。就像以前同居，兩個人晚上總是坐在客廳，開著電視聊天。

電視是故意打開的，因爲有幾次他們想省電（反正又沒人在看），關掉電視後，對話反而變得有點乾。

專心聊天固然很好，但有些時候，漫不經心地閒談，反而更令人自在地說出想說的話。

在捷運上聊天也有類似看電視的效果，因爲沒有面對面的座位，他們最多只能看見對方的側臉。

大多時候，映入莉莉眼內的是載宇的手臂，那上面有個燙傷的疤，是有一次載宇替莉莉過生日下廚時，不小心燙傷的。

莉莉常盯著這個疤思考——

財富、名聲、工作成就，這些活著努力追求的事情是怎麼也帶不走的。但人與人的回憶，搞不好只要躲過那碗孟婆湯，就還可以保留，就像這道疤一樣。

這道理再簡單不過，誰都曉得，但爲什麼我們總還是把大多數的時間花在前者呢？

「逼逼，超時了。妳想得也太久。」

「啊，什麼？」

「我剛問妳，妳最喜歡陳曉東哪一首歌啊？」

載宇手上拿著莉莉給她的專輯，那是莉莉去網路拍賣好不容易找到的二手CD，保存得還很完整，陳曉東如果知道自己的CD也能被帶到那個世界，不知道會有什麼想法。

「我跟他不熟，只對以前遠傳電信的那首廣告歌比較有印象。」

「〈ＩＦ〉？不錯不錯，蠻有眼光的。我最喜歡的是粵語歌〈十二月〉。妳聽過嗎？」

莉莉搖搖頭。

「就收錄在這張ＣＤ裡面啊！」

「是啊，然後我親手把它砸碎了。」

載宇白了她一眼。

「妳竟然砸碎前不聽一下……好吧，我唱給妳聽。」

載宇作勢清清喉嚨——

飄在冷風是掛念，你身邊是否風雪天？

心在這天，像不太自然。

沒有了你，怎愛冬天？

街亮了燈在四面。
似一張熟悉的照片。
身在遠方，在這節日前。
人有沒有想再相見？

隨十二月，令一切復燃。
懷念就在目光裡蔓延。
回憶之中，是你聲線。
動聽沒有改變。
隨十二月，令一切復燃。
懷念默默又經過一年。
又記起一張臉，深愛過的曲線。
想像某天，又見面。

那一天淚光總有點，
等待那天，或許已十年。
而你或我怎會不變？

莉莉相當意外，不是因爲載宇唱歌很好聽，這點她早就知道了。是因爲，以前莉莉要他唱歌給她聽時他都不肯。除了在KTV以外的場合，載宇從來不肯開口唱歌。

「唱歌這種事，不投入就唱不好聽。但平常沒事認眞唱歌，還唱到閉眼睛，超丟臉的。我才不要咧。」

載宇有一套拒絕唱歌的理由。除了伊坂幸太郎，他也很喜歡英國作家尼克．宏比(Nick Hornby)，特別是《非關男孩》(*About a Boy*)這本書。書裡主角威兒是一位遊戲人間的紈絝子弟，爲了認識美麗又成熟懂事的單親媽媽，假裝自己有小孩，混進單親家庭社群。威兒的處世哲學是「漂浮地活著」，對任何事都不能過度投入，隨時保持抽離，用幽默輕鬆的觀點看待一切。對威兒來說，閉起眼睛認眞唱歌就是一種把自己拉到水裡的事，他才不幹。把威兒看成人生典範的載宇自然也不幹。

莉莉看著眼前唱歌的載宇。威兒到後來正是因爲一對會認眞唱歌的母子，改變了他的人生。當初莉莉讀完《非關男孩》，想著有一天她也要改變載宇。這一天或許來到了，只是或許也已經超過傷停時間，太遲了。

「好聽吧。」

載宇下巴抬得老高，跟前陣子很流行的戽斗公仔好像，得意地問莉莉。

「還不錯。但我聽不懂歌詞？」

「他是說一對分手的情侶，在十二月前夕，因爲天氣變冷了，想起對方的聲音、臉的輪廓，想著想著，決定要在十二月去找對方。」

「爲什麼天氣變冷會想起對方？」

「因爲想要有個溫暖的人可以擁抱吧。出生在秋天的人最多就是這個道理。」

載宇露出不懷好意的眼神。

「你說眞的嗎？」

「眞的啊，之前有新聞報導，最容易被詐騙的星座有天秤、天蠍；更之前有新聞說各國總統、總理最多的是天蠍座。妳覺得是因爲天蠍座剛好極端分成兩種人：一種很笨容易被騙，一種很精明可以當總統嗎？」

不等莉莉回答，載宇就接著說：

「當然不是，這只是因爲天蠍座往前推九個月，是冷冷的、想要有個溫暖擁抱的冬天。抱久了容易懷孕，天蠍座的人口數就比較多。」

「數據上眞的是這樣嗎？」

「這種事情用想的就知道了，哪還需要眞的去查。」

載宇揮揮手，莉莉知道這是他心虛的表現。載宇就是這樣，喜歡把事情說得很斬釘截鐵，但眞的追問下去，又常常顧左右而言他。果然，載宇回到之前的話題：

「我最喜歡〈十二月〉的點是，雖然歌的一開頭，主角決定去找舊情人，但最後沒付諸實行。而且看來，他已經重複這樣的模式連續好幾年，連他自己都知道，終究，他只會想，而不會主動去找對方。」

原本講話時低頭的載宇，忽然抬頭看著莉莉，兩人之間沉默了好一會兒。

莉莉先撇開視線。儘管這是個好時機，可以問清楚載宇為什麼當初要離開她，但她還想要再一下，再維持目前的關係一下，任何有可能破壞現在氣氛的事情，她都會盡力避免。

彷彿沒發生過什麼事，載宇笑了笑說：

「換我點歌啦，我要聽孫燕姿的〈我懷念的〉。」

「不要，我唱歌很難聽你又不是不知道，而且我早就忘記歌詞了。」

「沒關係，由唱歌很好聽的我幫妳提詞。」

莉莉賞了載宇一個白眼，小聲唱起來，載宇在一旁打拍子合音，遠處的兩個大男生繼續聊著天，完全沒注意到這邊有一位穿著運動褲，帶著粗框大眼鏡的素顏ＯＬ，五音不全地低聲哼著老歌。要是他們轉過頭來看到了，可能會心想：「可憐的女孩，被甩了有些情緒失控吧」。

事實上剛好相反，這位女孩此刻很幸福。

前陣子，她與此生最愛的男人重逢，而那男的，剛剛又破例閉上眼睛唱歌給她聽。

儘管，她猜有一部分是他算準了，只有她才看得見他閉眼投入的拙樣吧。

o4

三不缺一

「到家後傳個訊息給我。」

莉莉點點頭，走出車門後轉身，站在月台上跟載宇揮手道別。

接下來又是漫長的夜晚了。以前活著的時候總是希望能少睡一點，多點時間在事業上衝刺。現在做了鬼不需要睡眠，卻沒事做，只能淪落到在捷運上走來走去，載宇覺得這是老天給他自殺的最大懲罰。

他走到那兩個男生旁邊坐下，聽他們聊天。

「今天真是太值得慶祝了。」

「你已經說第一萬次了。」

「難道不值得慶祝嗎？我們同時順利認識了想要認識的女孩哎。」

梓亞拿出手機，開心地說著：

「我們最後互留聯絡方式的時候，她還說『你可以把假青帆刪掉了』，你看，這是真的青帆的 LINE 哎。」

「是是是，假青帆對於能被刪掉也是相當開心。每天都得帶兩支手機待命，看書看到正精彩的地方還要被打斷，連今天搭訕都被打斷！」

齊宣翻了白眼。

「我怎麼知道剛好那麼巧，你就選好今天要去認識你的御守女孩。還好你有回，我在那邊等得超緊張的。」

真青春啊。載宇坐在一旁聽了半天，搞清楚這兩人是大學前後一屆學長與學弟的關係。通勤時，都在捷運上遇見自己心儀的對象，也都在今天第一次搭上話了。

載宇沒有什麼搭訕的經驗，倒是有被搭訕過幾次。

剛上大學時，他很積極認識女生、交女朋友。但每次花幾個月追來的對象，往往不到三個月就分手——

「你總是那麼忙。」「你這個男朋友有跟沒有一樣。」「比起跟我，你更愛跟你朋友們混在一起吧。」

分手時，載宇收集了各種怨懟，背後的意思大同小異：載宇沒有認眞經營感情，都在做自己的事情。

他這才意識到自己想交女朋友，只是因爲大家都有女朋友，就好比最新款的球鞋、手機一樣，他也得要有一個。

還是球鞋好，不需要花時間陪伴。

一直到畢業前認識了莉莉，她眞的像球鞋一樣，一、兩個星期都沒聯絡，想到的時候打個電話，一小時後，兩個人約會看電影，莉莉也沒埋怨他這陣子怎麼都沒聯絡，都不陪她。這樣的相處，讓載宇很自在。久而久之，逐漸對莉莉產生依賴，煩燥的時候想躺在她身旁跟她訴苦，有好消息會想跟她分享，甚至到後來，還會爲了看到她開心的表情，而刻意去做些什麼。

載宇是從這時候才知道爲什麼要談戀愛。

他搖了搖頭，繼續聽著兩人的對話，要沉溺在過去還有的是一整個下半夜，可別錯過了眼前難得的娛樂節目。

「不主動、不強求，時機到了就會認識，我的佛系搭訕終於修得正果了。」

「你那個叫做蜘蛛系，在整台車廂裡結滿了網，看到她出現就爬過去，等待她被捕獲。這種搭訕方式真的很恐怖哎。被這樣搭訕卻還同意交換聯絡方式，她也怪怪的……」

「不准說她壞話。」

「那我修正一下，可能跟你個性很搭。」

「我把這個當作讚美收下了。」

兩人的對話就像日本漫才，載宇聽得津津有味。這時列車靠站，一位男生上車。他一走進車廂，就盯著載宇看。載宇覺得這人很眼熟，一時想不起是誰。

等等，他盯著我看，難道——

「你果然不是人。」

這句話音量沒有特別大，所有人卻聽得一清二楚，車廂裡頓時一片寂靜。

那人在載宇旁邊坐下，整列車廂那麼大，四個大男生（正確地說，三個男人跟一個男鬼）卻擠在一區。

「你看得見我？」載宇問。

「前幾天早上，你在捷運推了那個女孩。」

「啊！你是那個站務員。」

載宇想起他的臉孔，是這陣子每天早上都會看到，有一個忠實粉絲的站務員。載宇立刻說出困擾他好幾天的疑惑：

「我的手明明穿過她了，但爲什麼她還是掉出去了呢？」

當時，載宇一時興起惡作劇，趁著停車，想把愛慕站務員的女孩推出門。鬼不能推人，但女孩卻掉出車廂了。站務員臉上閃過一絲難爲情的神情：

「因爲我看到你推她，下意識想保護她，就伸出手去牽。誰知道你是鬼。你不知道後來有多尷尬。」

謎底解開了，原來女孩不是被推，而是被站務員牽出去的。女孩一定很開心，怎麼愛慕的對象忽然像白馬王子一樣，伸手來牽她。從站務員臉上的表情，也不難想像他當時有多尷尬。載宇越想越覺得自己做了一件有趣的事，放聲大笑。

一旁的兩人聽不到載宇的聲音，一臉茫然搞不清楚此刻的狀況，站務員跟他們解釋：

「我可以看得到，嗯，你們看不到的東西。」

「哎哎，我是鬼，不是東西。」

載宇抗議無效，站務員用拇指往載宇指了指，

「此刻這邊就坐了一個。」

出乎意料，齊宣跟梓亞很快就接受了這個事實。齊宣說：

「一開始你坐下來，我還想說這麼多位子幹嘛跟我們坐，要打麻將也還缺一咖啊。沒想到竟然湊齊了。」

「我後來調查了一下，你是前陣子跳月台自殺的人對嗎？」

「對鬼的事情也需要這麼八卦嗎？」

「我知道這則新聞！所以鬼留在人間，是因爲有什麼願望沒了結嗎？」

一瞬間七嘴八舌，每個人都在講話。唯一能跟所有人（鬼）溝通的站務員伸出手要大家安靜。他說：

「我來幫忙回答。首先，看他這樣應該是有願望沒了結，但你們還是不要知道的好，聽完鬼訴說願望，等於簽下了契約，要幫他完成；其次，不一定留在人間的鬼，都是有願望沒實現，也可能是受到懲罰，比方說酒駕肇事的駕駛。」

「酒駕肇事的駕駛？」

站務員點點頭——

「對，只要是因爲酒駕造成人命的駕駛，死後會被關在最熱鬧的十字路口紅綠燈裡，每天日曬雨淋，聞著馬路的廢棄煙味。紅燈時罰站，綠燈一亮起，地板打開，掉下去後要趕快爬起來走路，直到紅燈再爬上去罰站。」

齊宣跟梓亞面面相覷，連載宇也感到不可思議：

「你是說，紅綠燈裡的小綠人跟小紅人，其實是被處罰的鬼魂？」

「是的，在紅綠燈裡的時間比外面快上一萬倍，相當於一次紅綠燈，他就得不停地走上七天，再不能動彈七天。這就是貪圖一時方便，因果循環下他們的地獄。不要以爲地獄離我們很遠，它跟人間只是互爲表裡。」

三人嘖嘖稱奇，載宇跟齊宣同時發問：

「這年頭站務員還得具備處理陰陽兩界的能力？」

「你爲什麼知道這麼多？」

站務員沒有回答他們的問題，只跟載宇說：

「你不必太執著於沒實現的願望。雖然現在講太遲了，但自殺很可惜，眞的很可惜。你等於是親手讓自己走下舞台。已經跟人間無關的你，願望能否實現，對你來說都沒差了不是嗎？」

載宇回答：

「我沒有走下舞台啊，你看我現在不還是好端端地在這裡，你沒來的時候聽著他們講話。」

「那不就正是台下觀眾的腳色嗎？你只能聽、只能看，沒辦法參與人間的事情了。」

載宇有些生氣，但他內心也清楚這樣的生氣，正是因爲被說到痛處的緣故：

「我可以啊，你這不是在跟我講話，我也還有朋友能聯絡。」

站務員沒直接回答，轉頭問梓亞：

「如果是你們的朋友說他跟鬼有聯絡，你們會覺得怎樣？」

梓亞搔搔頭說：

「有點怪怪的。畢竟，那個叫什麼……陰陽殊途。每天就二十四小時，如果一直跟鬼混在一起，好像也不太好。」

載宇聽了沒說什麼，換做是他也會這樣說。其實，他也知道每天晚上要莉莉來陪他，是一件很自私的行爲。

對話到這邊就陷入沉默，不知不覺間，列車抵達終點站。站務員頭也不回地離開，梓亞跟齊宣對著載宇的位置說：

「你好好保重，希望你願望能實現。」「加油。」

雖然對方看不見，但載宇還是對他們笑了笑，揮揮手。車門關上前，他還看見齊宣用手肘撞梓亞罵道：

「你白癡噢，跟鬼說什麼保重。」

車廂的燈依序熄滅，載宇的周遭逐漸變得黑暗，他注意到一直握著的手機發出光芒——

我到家了。

你唱歌很好聽，下次再唱給我聽吧。

我先睡囉，晚安。

對不起，我連回覆妳訊息這件事都做不到。載宇緊緊握住手機。

05

瓶中信

中午用餐時間，莉莉看見載宇的好友Jason，在公司門口跟她揮手。他穿著深色的西裝，沒繫領帶，給人一種隨興的感覺。

「我剛好在附近拜訪客戶，就順路來找妳了。妳們這附近有什麼好的商業午餐嗎？」

Jason伸手接過莉莉的包包，替她開門。有人說朋友會彼此影響，越來越像。從這個角度推論，Jason跟載宇的交情鐵定不錯。

莉莉帶他去巷子裡的一間義式餐廳，今天天氣很好，他們選了擺在木製陽台上的露天座位。

兩人閒聊著，話題很有默契地繞開了載宇。

但載宇畢竟是他們唯一的共同點，如果不談他，那意味著只能先聊天氣、再聊新聞、最後任由沉默在兩人之間飄盪。

「妳有換到杯子嗎？」

「啊……？你是說集點兌換的航海王杯子嗎？」

Jason 點點頭。

「有啊，現在就擺在我辦公室桌上。」

莉莉笑了笑，拿起水杯。雖然是問句，但她注意到 Jason 的眼神裡閃爍著試探。

「妳換誰的？」

「羅賓。」

聽到這句話，Jason 皺起眉頭，像努力要記起什麼事，卻總是想不起來的表情。漸漸，他放棄似地，嘴角露出無奈的微笑，長長吐了口氣，莉莉可以看見他襯衫下胸口起伏的變化。他說：

「妳遇到載宇了吧。我是指——死掉的載宇。」

「妳媽怎麼忽然來找妳啊？」

她前幾天就有跟我說過，是我忘了。

「好吧，沒辦法，真可惜不能說『幫我向阿姨問好』。」載宇自嘲。

下班時間的博愛座依然空著，莉莉也不懂爲什麼鬼特別愛坐博愛座。的確以體重來說，他們算是最虛弱的。但他們同時也是最健康的，他們不會感冒，也不用爲了工作、爲了人際關係、爲了那些人世間的事情而生心病。

現代雖然醫療發達，但心理層面的疾病反而更多，倘若以心理疾病來區分，恐怕捷運上博愛座跟正常座椅的數量要對調了。

我今天晚上就不來捷運找你了噢。

「沒關係，我跟朋友要去信義線探險，那邊最近很熱鬧，晚上也有許多人在工作。」

逼——

莉莉踏出捷運站，拿出手機，回覆媽媽從台南老家客廳發出的例行性問候。她騙了載宇，她需要靜一靜，因為她滿腦子都是下午跟 Jason 的對話。

Jason 告訴她，集點卡其實不是載宇的，是他花了兩週，請載宇一起幫忙集的集點卡。

「所以你會這麼猜，是因為集點卡的關係嗎？」

莉莉還不敢對 Jason 吐露眞相。

「不只，載宇跟我提過妳，他說妳似乎看得見那個世界。他還開玩笑說要是哪一天死了，又眞的有另一個世界的存在，他會立刻想辦法跟我聯絡，讓我知道他還——嗯，好像也不能說是活著。一看到妳，又聽到妳說集點卡的事情。我就在猜載宇可能眞的去找妳了。他開了個玩笑，讓妳來拿走我的集點卡，順便要我別擔心他。」

Jason 忽然滿臉通紅，揮了揮手，像要把方才的話拍散似的，「對不起，我胡言亂語了。我只是很難接受這件事。」

「載宇出事的那天早上，我傳 LINE 給他，叫他記得拿點數，他常去的便利商店店員很迷糊。後來，我一直在懊惱，該死，這是我跟我好朋友講的最後一句話？我知道他情緒不大穩定，但我以爲他一定沒事的，誰曉得他竟然眞的就這樣走了……」

Jason 咬著嘴唇，用力眨了幾下眼睛，淚水在眼眶裡打轉。

眼前的這個人，爲了自己心愛的男人發自內心地難過，莉莉很感動。她拍拍 Jason 的手背安慰他，說：

「不會啦，你的這句話不見得是跟載宇講的最後一句話。」

Jason 一臉茫然，莉莉補充道：

「事實上，可能是他死掉了才看到的……」

莉莉跟 Jason 解釋她如何在捷運上遇到載宇，他們現在每天見面，平常在捷運上用 LINE 溝通，一連串的話，Jason 聽得瞠目結舌。

「我現在感覺好複雜，明明希望是這樣，可聽到妳描述，又好難以置信。」

「事實上，你旁邊的座位就有個人坐著，他還把包包放到你腿上。」

「開玩笑的吧。」

「開玩笑的。不過，如果你想跟載宇聯絡的話，眞的可以傳簡訊給他，我再幫他傳話就好。」

Jason 搖搖頭：

「我得想想看，我不確定這是不是個好主意。照妳的說法，地縛靈是因爲有未完成的願望才留在人間。如果我再跟他聯絡，讓他跟人間牽扯更多，他會不會更不容易離開人間，無法成佛呢？」

莉莉覺得這話有點刺耳，Jason 看到她表情不對，趕忙解釋：

「我不是在怪妳，他去找妳是他自願的，他自己得承受的，但如果我主動去聯絡他，那就是我害他了。

「不過，他終究有一天會離開，你們……不可能一直這樣下去的。我這是爲他好，也是爲妳好。他掛念的事，我也想想看，要是想到什麼，我會幫忙的。」

道別時，Jason 最後說的一句話是：

「載宇那小子眞的很可惡，害我重新集點不說，他明明知道我要換香吉士，竟然要妳換羅賓給他，氣死我了，可以幫我揍他一拳嗎？」

「不行，手會穿過他的身體。」

明明是討論過世的好友與情人，兩人卻笑了出來。

又過了半個月，莉莉依然跟載宇朝夕相處。同時，莉莉也跟Jason保持聯絡，兩人常常中午一起吃飯，試著從跟載宇的對話中，找出任何讓他留在人世的原因。

但總是徒勞無功。

他們分析了載宇喜歡、掛念的所有東西——

喜歡的作家是伊坂幸太郎，喜歡的電影是《愛是您，愛是我》（*Love Actually*）和《瓶中信》（*Message in a Bottle*）。這兩部電影莉莉都有印象，他們曾一起看過。莉莉仍記得看完《瓶中信》，走出電影院時，載宇還這麼說：

「放下瓶中信的瞬間，或許沒有天燈漂亮，但只要一想到自己說的話，在大海上飄流，然後可能被某人拾起。彷彿光是這個動作，便能證明緣分眞的存在。

「天燈嘛，只可能引起森林大火，太危險了。」

他們順著人群從電影院後門走出，每次從電影院走到街上時，莉莉總覺得腳底下浮浮的，明明是熟悉的景物，卻有種不眞實感。載宇繼續說：

「而且啊，有時候也不一定誰要收到。因爲將來的想法可能會改變，這麼一來，當初寫好的話就失去意義了。失去意義的話，被人被看見了反而不好。只要保留著『有可能會收到』的遐想空間就好。」

當初說得那麼率性，如今成了鬼魂卻滯留人間，眞是的。

「啊~想不到，難道眞得把郭雪芙推下月台？」

Jason 伸懶腰，整個人往後仰。過了用餐時間的餐廳只有他們兩個，莉莉打開 Jason 的茶壺，伸手請服務生來重泡。Jason 不喝咖啡，只喝茶，家裡經營小餐廳，平常下班就直接回家幫忙，晚上還會去接補習的小妹回家。

也因爲這樣，三年前與前女友分手後，他連認識女生的機會都不多，更別提交往。

雖然和載宇有相仿的氣質與打扮，但深入了解後，莉莉體認到兩個人本質上是完全不同的人。

因爲第一次見面時的特殊情境，他們比一般初識的朋友要熟稔。隨著時間，僅存在兩人間的少量生疏感，也逐漸消失。

「依照我的猜測，載宇當初找妳，一定是希望能跟他溝通的妳，去幫他解決他掛念於人世的願望。」

「會不會，他其實不離開人間的原因是……」

莉莉支支吾吾，最後哪個「我」字一直沒說出來。看得出她想講什麼，Jason 搖頭嘆氣說：

「我直說吧，不是。」

Jason 簡短的幾個字說完，莉莉自己清楚，Jason 只是不好意思說出「他要是眞的愛妳，當初幹嘛要甩了妳」。

莉莉有點生氣地反駁：

「如果是這樣，他幹嘛不直接跟我說要幹嘛就好？」

「妳知道載宇是怎樣的個性，非常有可能是跟妳相處後，一開始故意鬧妳，但後來跟妳聊天很開心，他反而捨不得離開人間，才遲遲沒告訴妳，他眞正掛念的是什麼。」

想到這裡，莉莉忍不住問：

「他後來交的女朋友是怎樣的人呢？」

「我不能告訴妳，妳自己問他吧。」

「爲什麼不能說？照你這樣說，他只是想利用我而已，那他當初甩了我，現在又這樣利用我，我難道連知道這件事的權利都沒有嗎？」

莉莉氣得繃起臉來，一旁要送回沖茶的服務生，停下了腳步，猶豫著要不要走過來。

「他是不對，但妳愛他，所以妳選擇接受這一切。」

Jason望著莉莉，他像位老師，開導犯錯還強辯的小孩子，用溫柔冷靜的語氣對莉莉說：

「而且，他畢竟死了。」

06

沒中獎的彩券

十一點多了，週末夜晚的捷運比平日熱鬧許多。列車行駛在高架路段，一盞盞黃色的路燈在視線下方，像嵌在公園步道上的小燈。

莉莉跟載宇坐在車廂角落小聲地交談，她說：

「前陣子我聽朋友說，現在有快遞公司爲了節省成本，改用捷運送貨噢，送貨員每天都在捷運裡來來回回，這樣的工作，搞不好我可以去應徵看看。」

「是有這麼一回事。我跟其他人，不對，鬼，有遇過那些送貨員幾次。眞不簡單咧，這年頭到處都是機會。還有一次啊……」

這陣子，載宇告訴莉莉很多關於捷運的故事，莉莉才知道原來以爲再普通不過的捷運，其實有這麼多有趣的事情。好比，前陣子他看見一個人把另一個人的東西踢到座位底下藏起來，那東西竟然是一只鑽戒。
「原本我以為藏鑽戒的人是小偷，想把鑽戒據為己有。但他也沒拿走。」
「那後來戒指去哪了？」
「一個很漂亮的女生把它撿起來，把玩了半天。結果又把它留在車上。」
「很漂亮的女生嗎？」
「嗯，以一般人的標準來說。不過不是我喜歡的類型。」
載宇在心裡笑了一下，他故意逗莉莉的。他繼續說：
「戒指哎，看起來還蠻大顆的。竟然大家都不拿走，也不交給捷運公司。我實在太意外了。」
「幾克拉呢？」
「我又沒買過，怎麼會知道，不過我知道克拉是一種樹的種子，它的種子每顆大小很一致，都是兩百毫克，所以才會被用來當作鑽石的單位。」
後來啊，戒指終於被一個年輕人拿走了……載宇繼續跟莉莉分享他在捷運上看到的故事，那些他做為觀眾的故事。

或許因爲沒有未來了，他們更常在回憶過去。

回憶是一件很奇妙的事情，彷彿有生命，能在時間軸上任意遊走，時而悄悄尾隨在人們身後，轉頭一看，驚覺它靠近得恍如昨夜才發生。

他們聊起以前學生時代同居，靠打工賺生活費。偏偏他們很愛旅行，平常的生活更得錙銖必較，才能攢出旅費。載宇埋怨著：

「那時候妳跑去圖書館借那什麼生活智慧、省錢達人的書。還用我的借書證，後來我去借書，館員都用同情的眼神看我。好歹也來個平衡報導，同時借《人間失格》或《老人與海》啊。」

「還說，要不是我想了那麼多辦法，就憑那麼一點生活費，能去那麼多地方玩嗎？」

「是是是，什麼都買二手貨，冰箱、冷氣機都是，螢幕也是我從實驗室拿報廢的回來。水電嚴格限制，比當兵還嚴。還在馬桶水槽裡擺了一堆汽水瓶說要省水，結果反而得沖好幾次，跟妳說那樣沒比較省，妳都不信。」

兩個人像老夫妻一樣拌嘴。

有人常感嘆，過去的事情會記得很清楚，現在的反而都記不清楚。其實，這不是老人痴呆症。仔細想想，過去發生的事情何其多，眞正被記得的終究只是少部分而已。

會記得那些事的原因再簡單不過了——它們很重要。

「以前的日子眞好呢。」載宇說，「只要過好當下就好，不用煩惱太多。那時候總覺得未來充滿了希望。」

載宇摸了摸下巴，可能鬼不擅長說出「希望」這兩個字吧。

「其實啊，我自殺也是因爲這個原因。」

莉莉心頭抽動了一下，載宇剛剛提到《人間失格》、《老人與海》，作者太宰治跟海明威都是自殺身亡。或許載宇早就對自殺這件事，有深入的研究了。

她知道載宇遲早有一天會跟她提，但沒想到會用這麼輕描淡寫的態度。載宇站起來伸了個懶腰，指指車廂裡人多的地方說：

「妳看捷運上的這些人，都是凡人，終其一生，不會有什麼值得一提的成就。如果現在發下作文紙，請他們寫下願望，收回來一看，不外乎是找到好工作、買房子、股票賺錢或娶個好老婆吧。」

載宇搖搖頭坐回莉莉身邊：

「但是呢，小孩子或學生就不一樣了。他們金光閃閃的，誰都說不準將來會怎樣，所以大人們始終對小孩子抱著期待。妳知道爲什麼法律要特別針對青少年和小孩減輕刑責嗎？」

莉莉搖頭。

「不是因爲他們不懂事，而是國家害怕一不小心，就把一位可能對國家有益處的人給抹煞了。大人嘛，就比較沒關係，因爲犯錯的大人，已經確定沒有價值了，除了會行賄的經濟犯例外。」

「每個小孩，都是一張還沒開獎的樂透。」

載宇用很認真的語氣說著。他繼續說：

「我從小就相信自己與眾不同，會擁有不同於一般人的人生。但這幾年來，進入社會這個系統後，我才發現我錯了。一個人要有成就，必須運氣、天分、努力三者兼具。但在當下的社會，這三項因子不再均衡了。好比有房地產的人，這幾年房價忽然暴漲，他們全都成了千萬富翁，他們有ＩＱ一百八，有每天工作十小時嗎？現在是個運氣大於天分、大於努力的時代。電視或網路上的那些成功故事，很多都是靠運氣，再回過頭來包裝自己的努力與天分。真的要說，多少聰明又努力的人，終其一生沒沒無聞呢？」

莉莉能體會載宇的想法，優秀的他向來好勝，只是她不記得 Jason 跟她提過任何載宇工作上的挫折。但或許，像載宇這樣的個性不需要挫折，只要沒有過人成就，他就不甘心了吧。

「這幾年，我才體悟到原來我也只是一張沒中獎的樂透……沒中的樂透，妳會怎麼處理呢？」

載宇苦笑著。他很聰明，聰明的人往往內心有著不可動搖的自信。也因爲這樣的自信，讓他無法接受自己被這個社會擺布，選擇了結束一切。

「況且，妳看像我現在這樣不好嗎？如果人們知道死了就像按下再來一次，還有來生，自殺率一定會提高很多吧。誰想活在這個亂七八糟的時代啊。」

從載宇的話中，莉莉感受到載宇豁出一切，只爲了用死亡去證明自己跟他人不一樣。

如果我這張彩券沒中獎，那一定是搖彩球的機器出了問題吧。

莉莉彷彿可以聽到載宇這麼說。

儘管內心深處同情載宇，但她不能認同因爲這樣的原因而結束生命，她覺得這是種自私的表現，他總是想怎樣就怎樣，不顧他人的感受。莉莉感到一陣怒氣從胃裡逆流而上，她聽見自己語氣微微顫抖地回嘴：

「你還沒開始重玩啊。」

「妳這什麼意思？」

莉莉沒辦法制止自己不斷說出傷人的話，她很了解載宇，她確定她的下一句話，將會深深地刺傷對方：

「你還在人世間遊蕩，一直在遊戲結束畫面裡。」

「妳希望我趕快離開嗎？妳嫌我煩了？」

載宇拉高了音調，眼神變得兇惡。莉莉嚇了一跳，趕忙辯解：

「我沒有這意思，你不要過度解讀。」

載宇不說話了半晌，重重嘆一口氣，把頭撇開。

「算了，我以為莉莉不管何時都會支持我，不會離開我，絕對不會說這些種話的。」

聽到載宇說出這句話，才剛冷靜下來的莉莉，頓時聽到腦袋裡發出一根線斷掉的聲音。

她不能接受載宇有這樣的認知，更正確地說，她可以接受載宇在行為上吃定她，但他怎麼能親自、理所當然地說出來。

此刻眼前的人不是她喜歡的載宇，是一位自私、自以為聰明、活在自己世界的王八蛋。

「但你離開我了。離開我的人，沒有資格這樣要求我。」

她大聲回嘴，所有乘客都聽到了，有些人往她這邊看來，發現情況不對勁，趕忙再撇開頭。這就是都市法則，人們保持跟周遭環境最低限度的接觸。

捷運靠站，莉莉站起來，頭也不回地下車。車門關上前，她聽到後面傳來載宇大喊：

「莉莉，對不起，我眞的很對不起妳！我……」

沒說完的話被車門隔絕，莉莉看見載宇靠著車門上的窗戶。讀著他的唇語，莉莉忍不住在月台上流下眼淚。

她等這句話等好久了。

她趕忙躲進捷運的女廁裡，一直哭，一直哭。好不容易停止了，她察覺自己又坐在馬桶旁邊。

眞是的，最近是怎麼了，自從聽到載宇的事情之後，就一直跟馬桶很有緣。

莉莉把手上的衛生紙扔進馬桶沖掉。

按下沖水鍵時，莉莉忽然知道，載宇還留在人間的原因了。

07 好久不見

推開家門，穿過漆黑的客廳，莉莉直接走進廁所。

她搬開馬桶後方的水槽蓋。

果然，水槽裡用來減少水量的汽水瓶，裡面的水被換成了沙子，沙子中插了一捲用緞帶綁好的信。

這就是載宇還留在人間的原因。

當初他趁莉莉出差時，離開這個家的最後一刻，他留下了一封瓶中信。

莉莉聽見巨大的心跳聲從耳朵裡的血管裡發出，她知道要是打開了這封信，她就再也看不到載宇了。

她將瓶子擱在地上，先去洗澡，比平常還仔細地做完所有家事，直到沒事可做，她才抱著它走到床上，只留下床頭的檯燈亮著。

她傳了封 LINE 給 Jason——

我找到了載宇想要實現的事，而且即將要幫他完成了。你快趁現在跟他聯絡吧。

Jason 跟莉莉提過，要是確定載宇即將離開人世了，他還是想跟這位好朋友說幾句話，好好地道別。

莉莉閉上眼睛，給了 Jason 幾分鐘的時間。接著，她把泛黃的信從瓶子裡抽出來——

親愛的莉莉：

看到這封信的妳，此刻是民國幾年了呢？

我猜應該距離寫信的日子，大概兩、三年左右吧，畢竟我們的馬桶很爛，不出幾年應該就會壞掉，妳檢查時就會看到這封信。有些話我想跟妳說，但比起立刻告訴妳，或許隔幾年，妳會比較能冷靜地聽我說這些事吧。

唯一遺憾的是，這封信的出現，意味著此刻的馬桶應該不是很乾淨……

莉莉噗哧笑了出來，淚水伴隨著笑聲滑了下來。

很抱歉，從前的我離開妳了。

我的確劈腿了，這是相當惡劣的行為，我沒有任何好解釋的。

但是，我離開妳的原因並不是她，而是我自己。甚至可以解釋成，我是為了要離開妳，才去劈腿的。我不認為我跟她可以交往多久，兩個月，或三個月，不可能再久，搞不好踏出家門的時候我就想跟她分手了。

我最喜歡的人是妳，從第一眼到此刻都是。

妳聽過「情深不壽」這句話嗎？那是《書劍恩仇錄》裡面，乾隆給陳家洛的玉珮上寫的句子。

跟妳在一起後，這句話成了詛咒，一直在我腦海裡盤旋著。

從前讀到時，我根本不相信，怎麼可能感情越深厚，反而越不容易長久呢？

但漸漸地，我大概明瞭了，因為跟妳在一起，一切都很快樂，我們有著美好、明確的未來。也正是因為那樣的未來太過於明確，反而讓我害怕，好像人生將不再有任何變化了。

終究會有一天，我會為了妳，而決定犧牲掉許多我想做的事情，我不會怪妳，因為那是我心甘情願的。但那樣真的好嗎？

百分之一百的幸福，可能是詛咒；可以想像得到的未來，反而讓我不敢想像。

我相信，終究有一天我會後悔離開妳，這很可能是我這輩子最錯誤的決定。

可人不就是這樣嗎？

有些時候，你就像被一股力量推著走，推去做一些明明知道是錯的事情。

莉莉想起分開前的那陣子，載宇常在哼〈風一樣的男子〉，那時候莉莉還開他玩笑：

「風一樣的男子，就是瘋子啊。」

原來從那時候起，載宇就有這樣的想法，他想證明自己跟別人不一樣，想要成爲特別的人。這樣的念頭，逼著他離開莉莉，最後，還逼著他往月台下縱身一躍。

他是被逼死的。

莉莉想像著載宇在奔跑，後面有個巨大的黑色魔物在追逐他，爲了躲開他，載宇跑離自己的身邊，但他終究是跑不動了，只能被吞噬。

看到這裡，妳可能還是不相信吧。

沒關係，我可以理解的。

因為將來，

如果有那麼一天，

我們又重逢了，

我會想一個好方法，

用行動證明，

妳對我來說，

是這個世界上最重要的人。

載宇 上

2015 May

宛若琉璃的眼淚，在眼眶裡裂成無數碎片，匡啷從臉頰上滾下來。

莉莉看著信紙上，因爲淚水而變深色的一個個圈圈，當時寫這封信的載宇再怎麼猜，也猜不出在她看信的此刻，自己已經成了鬼魂吧。

「跟妳講一個妳這個靈異體質的應該也不會知道的恐怖祕密。鬼會笑、會生氣、但不會哭，因爲都已經死了嘛，沒什麼事比做鬼更難過了。

「我們唯有在一個時間點會哭，就是願望實現，眞的得離開人間時，最後望向人世的那一眼。」

這有什麼恐怖的，很感人啊。

載宇嘿嘿笑了兩聲，說：

「恐怖的來啦……人類看得到鬼的眼淚噢。」

莉莉瞪大了雙眼，不可置信地說：

你是指……

「沒錯，捷運車廂不是偶爾會座位上、地板上會忽然出現水漬嗎？大家都以爲是漏水，但其實那個啊——是鬼的眼淚。」

載宇露出「嚇到妳了吧」的得意笑容。

莉莉想起跟載宇在車上相處的這些日子。以及今天晚上，關上門時他那無聲的唇語——我一直都想回去找妳。」

現在，某個車廂裡，是否有某位乘客，會看見忽然出現的一滴水漬呢？

載宇此刻是什麼表情呢？

應該是搖頭苦笑，嘴裡嘀咕著：

「太慢了吧，搞這麼久才發現，把我困在人世這麼久時間。」

房間裡的時空彷彿錯亂了，莉莉看見許多個她與載宇在這房間的各個角落，他們笑著聊天、擁抱、吵架，每一對看起來都那麼幸福，那麼完美。莉莉靜靜看著，一拭去臉上的淚水，新的淚水便取而代之。像終於忍不住嘔吐，莉莉迸地失聲痛哭，她討厭死載宇了。

他真的用了一個很好的方法，證明他在這封信裡面講的每一句話都是眞的。

◎

兩年後，Jason 跟莉莉開車去陽明山公墓給載宇上香。他們準備了一張《航海王》羅賓的海報，還有伊坂幸太郎最新的作品。伊坂幸太郎的書在台灣越賣越好，他甚至特別替台灣版寫了序，來台灣辦簽書會。當時他們和嘉姻一起去參加簽書會，「我男朋友超愛伊坂幸太郎。」

嘉姻講到「超愛」兩個字時特別加重了語氣。同行的還有嘉姻男友的好朋友，也帶了女朋友一起來。他們排兩個小時才排到伊坂幸太郎親筆簽名。

「可以幫我們寫，『給載宇，希望你在另一個世界過得好』嗎？」

莉莉用硬背起來的日文跟伊坂幸太郎說，他先皺起了眉頭，像忽然想通了什麼似地，開心地點頭：

「好啊，希望他在那個世界一切都順利，麻煩幫我問候他。」

「不虧是小說家，竟然能理解。」

Jason 在一旁小聲地說。事後，他們互相交換看伊坂的簽名，日文的部分看不懂，但是嘉姻男友看到載宇這兩個字時，臉上露出驚訝的表情，欲言又止，只跟他朋友交換了一個眼神。

公墓裡的階梯高低不齊，走起來不大方便。莉莉一手護著肚子，一手握著 Jason。

一陣風拂過，將夕陽的金光灑在一塊塊墓碑上，將墓碑染了色。禁不起晚風的吹拂，紛然飄落的樹葉鋪出一條金黃的地毯。

人無法正視的是太陽和死亡。

莉莉印象中載宇曾經說過這句他不知道從哪看到的話。

但此刻，太陽與死亡完美地並存在她與 Jason 眼前。

走到載宇的墓前，將祭品擺好。

「啊，忘了郭雪芙的海報。」

兩人笑著，又一陣風吹過，樹葉摩擦發出窸窣的聲響，彷彿是載宇跟他們一起發出的笑聲。

◎

載宇離開後，莉莉一直處於低潮。

唯一知道整件事情的 Jason 負起了照顧莉莉的責任。三天兩頭就打給莉莉，關心她的狀況，他中午會去找她吃飯，假日也會帶她出門散心。

有時候，被人誤會他們是情侶，Jason 都立刻否認，說他們只是好朋友。

誤會也好，不誤會也好，這都沒什麼大不了。莉莉沒把這件事放在心上。

半年後，有一次在東北角海邊的咖啡廳喝下午茶，莉莉猶豫不決要點什麼時，年輕的服務員開玩笑地說：

「要不要先生替女朋友決定要喝什麼呢？」
「幫她來一杯熱的杏仁拿鐵吧。」
莉莉有點訝異，那是Jason第一次沒有做解釋。
Jason看了她一眼，遲疑了一下後說：
「我想，替載宇照顧妳的日子也差不多夠了。現在開始，可以換我照顧妳嗎？」
連冒出決勝詞的時機點都一樣莫名其妙，這兩個人眞的是好朋友哎。
莉莉噗哧地笑了出來。
「怎、怎麼了嗎？這有什麼好笑的嗎？」
「哈哈，沒有……沒有……好啊……」
這是載宇離開後，莉莉第一次有笑容。

擺好祭品，莉莉跟 Jason 併肩上香。今天是載宇離開的第三年，每年忌日前後，他們都會挑一天來上香。

交往、結婚，他們也都會第一時間來跟載宇分享。

雖然三個人沒有眞的聚在一起過，但對莉莉跟 Jason 來說，載宇是他們夫妻倆最親密的家族朋友。莉莉跟 Jason 坐在一旁等香燒完，香冒出的灰煙，蜿蜒成兩條細線，消失在空中。

「墓地裡有很多……那個嗎？」

Jason 指著附近。莉莉把手放在嘴唇前，點點頭。

「有很多噢，今天天氣很好，每個人看起來都很舒服，坐在墓碑上看夕陽。」

莉莉轉頭望向載宇的墓碑，

「不過他從來沒出現在這裡就是了。」

Jason 拿起樹枝，在地上亂畫，莉莉搶過樹枝把玩，邊說：

「當時你傳給載宇的最後一句 LINE 是什麼啊？你以前都不肯跟我說，說什麼怕說了我會更心情不好，現在總可以說了吧。」

「那個啊……」

彷彿是爲了躲開莉莉的視線，Jason身子往前一傾，整個人站起來。莉莉看著Jason的背影，那背影說：

「我傳：**謝謝你，兄弟，我會好好照顧她的。**」

「什麼？」

「載宇自殺的前兩週吧，他給我看過妳的照片，說了很多妳的好話。

「我那時候開玩笑跟他說『你這人眞犯賤，有這麼好的女朋友還讓人家傷心，你不要的話讓我來照顧她好了。』

「『你說的噢，那就麻煩你了。』

「載宇離開後，妳一來找我，我就知道，載宇當時是說眞的，他在替我製造機會。」

Jason回頭看，莉莉玩著樹枝不答腔，突然，她用力把樹枝弄成兩截。Jason坐回石階，摟住莉莉：

「妳生氣了嗎？我就是怕妳不開心，才不跟妳講這些的。但我以爲現在已經沒關係了……」

莉莉搖搖頭，臉頰上掛著兩道淚痕，嘴角卻是上揚的。

「我有什麼好生氣的，這麼多人關心我，照顧我，我很幸福。」

她好久沒有這樣，又哭又笑了。

Ring of the Day 台北捷運╳戀愛小說

鏡
小
說

015

作者：賴以威

責任編輯：劉子菁、劉璞

責任企劃：劉凱瑛

插畫繪製：Shiho So

美術設計：李佳隆

副總編輯：李佩璇

總編輯：董成瑜

發行人：裴偉

出版：鏡文學股份有限公司

11070台北市信義區東興路45號4樓

電話：02-6633-3500

傳真：02-6633-3544

讀者服務信箱：MF.Publication@mirrorfiction.com

總經銷：大和書報圖書股份有限公司
242新北市新莊區五工五路2號
電話：02-8900-2588
傳真：02-2299-7900

印刷：漾格科技股份有限公司
出版日期：2019年04月 初版一刷
ISBN 978-986-96950-8-4
定價：320元

國家圖書館出版品預行編目 (CIP) 資料

Ring of the Day 台北捷運╳戀愛小說 / 賴以威著 ．──初版．
──臺北市：鏡文學，2019.04 面； 公分．──(鏡小說；15)

ISBN 978-986-96950-8-4(平裝)

857.63 108004979